5分で読める！
背筋も凍る怖いはなし

『このミステリーがすごい！』編集部 編

宝島社
文庫

宝島社

5分で読める！背筋も凍る怖いはなし【目次】

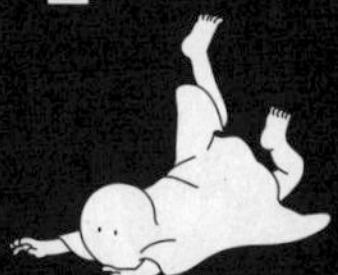

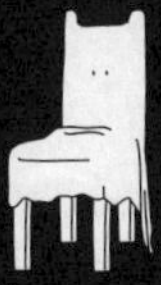

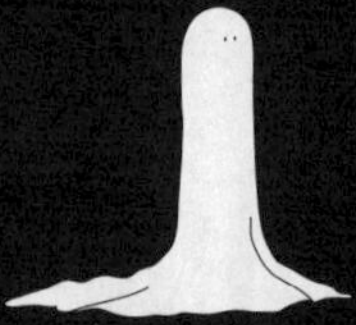

執筆者プロフィール一覧 ※五十音順

岩井志麻子（いわい・しまこ）

一九六四年、岡山県生まれ。一九九九年、『ぼっけえ、きょうてえ』で第六回日本ホラー小説大賞・大賞を受賞。また、同作を収録した短編集により第十三回山本周五郎賞も受賞。他の著書に『チャイ・コイ』（第2回婦人公論文芸賞）『自由戀愛』（第九回島清恋愛文学賞）など多数。

乾緑郎（いぬい・ろくろう）

一九七一年、東京都生まれ。二〇一〇年八月、『忍び外伝』で第二回朝日時代小説大賞を受賞、同年十月『完全なる首長竜の日』で第九回『このミステリーがすごい！』大賞を受賞し小説家デビュー。他の著書に「機巧のイヴ」シリーズ、『ねなしぐさ　平賀源内の殺人』、『ツキノネ』『愚か者《フリムン》の島』など多数。

岡崎琢磨（おかざき・たくま）

一九八六年、福岡県生まれ。京都大学法学部卒業。二〇一二年、『珈琲店タレーランの事件簿　また会えたなら、あなたの淹れた珈琲を』で第十回『このミステリーがすごい！』大賞隠し玉に選出されデビュー。同書にて二〇一三年、第一回京都本大賞を受賞。他の著書に『Butterfly World 最後の六日間』『貴方のために綴る18の物語』『夏を取り戻す』『春待ち雑貨店 ぷらんたん』など多数。

海堂尊（かいどう・たける）

一九六一年、千葉県生まれ。二〇〇六年、『チーム・バチスタの栄光』で第四回『このミステリーがすごい！』大賞を受賞しデビュー。著書にキューバ革命のゲバラとカストロを描いた「ポーラースター」シリーズの他、『コロナ黙示録』『医学のひよこ』『医学のつばさ』など多数。

澤村伊智（さわむら・いち）

一九七九年、大阪府生まれ。二〇一五年、『ぼぎわんが、来る』（受賞時のタイトル『ぼぎわん』）で第二十二回日本ホラー小説大賞・大賞を受賞しデビュー。二〇一七年、『ずうのめ人形』で第三十回山本周五郎賞候補。二〇一九年、『学校は死の匂い』で第七十二回日本推理作家協会賞（短編部門）受賞。二〇二〇年、『ファミリーランド』で第十九回センス・オブ・ジェンダー賞特別賞受賞。他の著書に『予言の島』『うるはしみにくし あなたのともだち』など多数。

シークエンスはやとも（しーくえんす・はやとも）

一九九一年、東京都生まれ。吉本興業東京本部所属。「霊視芸人」として知られ、テレビ番組などに多数出演するほか、怪談師としても活動。雑誌連載に『ポップな心霊論』、また著書に『ヤバい生き霊』がある。

角由紀子（すみ・ゆきこ）

一九八二年生まれ。二〇一三年に自身で立ち上げたWeb サイト「TOCANA」の編集長を務めるほか、オカルトや超常現象などに関するメディアに多数出演。

中山七里（なかやま・しちり）

一九六一年、岐阜県生まれ。二〇一〇年、『さよならドビュッシー』で第八回『このミステリーがすごい！』大賞を受賞しデビュー。他の著書に「岬洋介」シリーズ、「御子柴礼司」シリーズ、「刑事犬養隼人」シリーズなど多数。

林由美子（はやし・ゆみこ）

一九七二年、愛知県生まれ。化粧品販売会社に入社後、結婚を機に退職。二〇〇七年、『化粧坂《けわいざか》』で第三回日本ラブストーリー大賞・審査員特別賞を受賞しデビュー。著書に『堕ちる』『揺れる』『逃げる』などがある。

原昌和（はら・まさかず）

一九七八年生まれ。ロック・バンド“the band apart”のベーシスト&ヴォーカルとして知られ、作詞や作曲も手掛ける。一九九八年にthe band apartを結成。他アーティストへ楽曲提供のほか、怪談イベントにも参加。

平山夢明（ひらやま・ゆめあき）

神奈川県生まれ。〝デルモンテ平山〟名義で、映画・ビデオ批評から執筆活動をスタートし、一九九四年『SINKER―沈むもの』で小説家としてデビュー。二〇〇六年、『独白するユニバーサル横メルカトル』で、第五十九回日本推理作家協会賞（短編部門）を受賞。また、同作が表題作の短編集が、二〇〇七年版『このミステリーがすごい！』で一位を獲得。二〇一〇年、『ダイナー』で第二十八回日本冒険小説協会大賞、二〇一一年に第十三回大藪春彦賞を受賞。

真梨幸子（まり・ゆきこ）

一九六四年、宮崎県生まれ。二〇〇五年、『孤虫症』で第三十二回メフィスト賞を受賞しデビュー。二〇一五年、『人生相談。』で第二十八回山本周五郎賞候補。他の著書に『殺人鬼フジコの衝動』『5人のジュンコ』『カウントダウン』『まりも日記』など多数。

5分で読める！

背筋も凍る怖いはなし

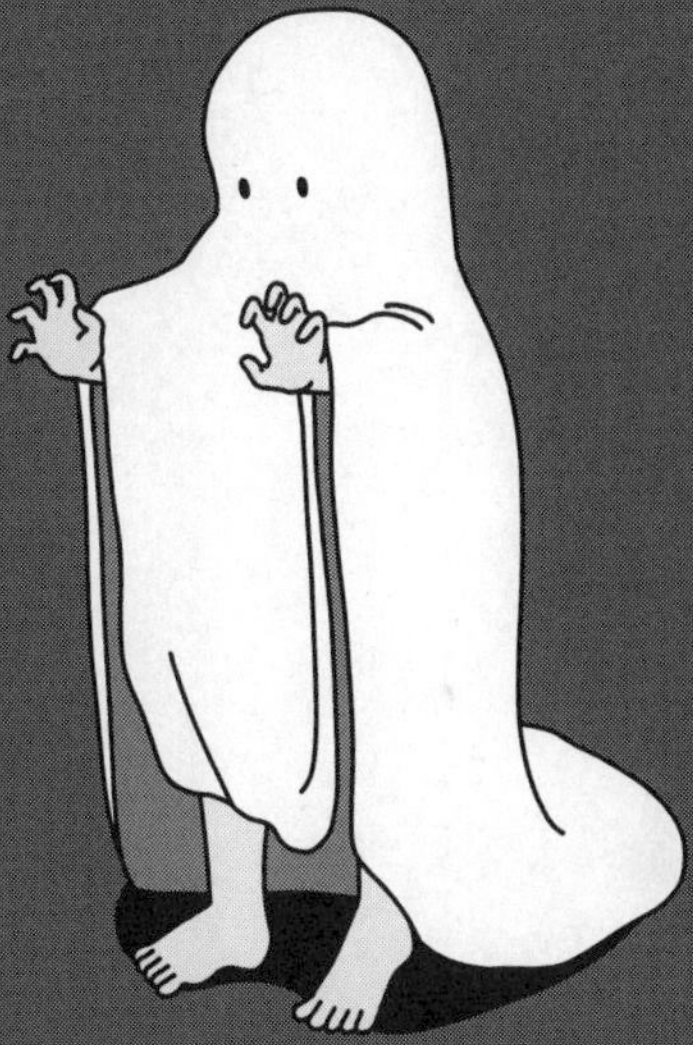

通夜の帰り

澤村伊智

隣を歩く白川《しらかわ》は、せわしなく缶チューハイを傾けていた。

久々に顔を合わせた、かつての同僚だった。一緒に働いていた頃より更に老けている。一方でオドオドして挙動不審なところは相変わらずだ。喪服のサイズが合っておらず、窮屈そうにしている。

すっかり禿《は》げ上がった白川の頭を眺めながら、俺は言った。

「いや、それにしても久しぶりだな」

「そうだね、阿部《あべ》くん」

「たまにこっちから電話するくらいで、全然会う機会なかったもんなあ。お前、付き合い悪いんだよ」

「ごめん、バタバタしててさ」

「そりゃお前の要領が悪いせいだって。今の職場でもトロいとか言われてるんじゃないか？」

「陰ではそうかもしれない。ううん、実際そうだと思う。いや、きっとそうだ」

「何慌ててんだよ」

「いや、これが素だから」

大柄なのに声は小さいし、しゃべり方もなよなよとしている。これもあの頃と同じだった。

白川はウスノロだった。毎日のようにミスを連発し、上司から大目玉を食っていた。俺が逐一フォローしなければ、五年も会社にいることはできなかっただろう。一人前の編集者にはなれなかっただろう。ただ、今の口ぶりから察するに、転職先でも上手くはいっていないらしい。

「やっぱりダメだな、白川は」

「そうかも」

俺と白川は深夜の幹線道路沿いを歩いていた。トラックとタクシーがひっきりなしに通るせいで、むしろ騒々しいくらいだった。夜空は分厚い雲で覆われ、月も見えない。

耐えきれなくなったのか、白川が喪服のジャケットを脱いだ。「前に着たの、三年前だからね」と言い訳がましく言う。

「ハゲのうえにデブはまずいだろ」

「ははは」

「で、前の葬儀って誰？　俺の知ってる人？」

「忘れた？　金石《かないし》さんだよ」

「あぁー……」

隣の編集部の先輩だった。端的に言って人格者で、たくさんの人に慕われていた。

くも膜下出血で急死したのは、四十を過ぎたばかりの頃だったはずだ。葬儀には弔問客が詰めかけた。

「亡くなったと言えば、ライターの竹林《たけばやし》さんもだろ」

「〝元ライター〟ね。廃業して地元に帰って、家業を継いでらしたから」

「細かいことはいいんだよ。あの人は癌《がん》だっけ？」

「うん。木村《きむら》さんと同じ肺癌。どっちも煙草、吸ってなかったのにね」

「だったな」

木村さんは作家だ。五十歳を越えていたはずだが、死ぬには早い年齢であることに変わりはない。彼女もまた人格者だった。

三十を過ぎた頃から、知人の訃報が急に増えた。自然なことではあるが、受け容《い》れるのは難しい。むしろ苦痛だ。たとえ四十、五十になっても、この感覚は変わらないだろう。

何故なら――

「いい人ばっかり死ぬんだよ。いい人で、しかも仕事できる人が」

俺は言った。

「金石さんもそうだし、木村さんもそうだ。竹林さんも郭《かく》さんも、ジェリーさんもムーさんも。最近は後輩まで死に出したぞ。百瀬《ももせ》に相原《あいはら》に……」

「等々力《とどろき》くんも」

「そうだそうだ。あいつは事故か」

「うん。自転車――じゃない、ロードバイク乗ってて、トラックに引っかけられたんだよ」

「そうだ。惜しい奴をなくしたよなあ。そのくせ、どうでもいい奴だけは長生きするんだ。世の中的にいてもいなくてもいい、違うな、いない方がマシな奴」

「そうかなあ」

首を捻《ひね》る白川に、俺は思わず笑ってしまう。

「やっぱ鈍いな、お前。今のは皮肉で言ったんだぜ？」

「え？」

「あのなあ……お前だよ。お前のこと言ってんの」

「というと？」

白川はきょとんとした顔で言った。

「お前みたいなのが生きてて、金石さんたちが死ぬのがおかしいって話」

俺は白川の前に回り込み、通せんぼをして、

「自分でも思うだろ、なあ？」

嘲《あざけ》り笑いとともに言葉を投げ付けた。

そうだ。死んでほしくない人ばかりが死ぬ。それなのにこいつは、このウスノロで、無能で、でくのぼうで、俺がいなければ何もできない白川は――

「思わないよ、全然」

白川は言った。

言葉の意味を呑《の》み込むのに少し時間がかかった。

「……え？」

「生き死には単なる運だよ。たまたま生きて、たまたま死ぬんだ。この瞬間だってトラックが突っ込んでくるかもしれない。今までそうならなかったのは、単に僕が幸運だったからってだけだ。努力の成果でも、仕事ができるからでもない。そういう人間社会のあれこれとは無関係だ」

唐突な饒舌《じょうぜつ》ぶりに俺は面食らう。

白川は俺をまっすぐ見て、

「金石さんたちが亡くなったのも、運が悪かったからだよ。等々力くんの場合は加害者がいるけど、それだって過失致死だ。等々力くんが何か悪いことをして、その報いを受けたわけじゃない」

「し、白川？」

「そういう因果応報的な考え方はしない。そう決めてるんだ」

白川は寂しげな溜息を吐《つ》いた。

「……ははは」無性に可笑《おか》しくなった。「いきなり何言い出すんだお前。馬鹿のくせに急に真面目くさった演説始めやがってさあ。酔っ払ってんのか」

「いいや」

「じゃあ素面《しらふ》で言ってんのかよ。はははは！　傑作だ。夜中に、こんなところでお前、さすが白川――」

「うるさいぞ、阿部」

どすの利いた声で、白川は言った。

車の流れがいつの間にか途絶えていた。

「同じ頃に会社を辞めて、もう十年だよ。付き合いもほとんどない。赤の他人だ」

「いや、それは」

「同僚でないと困るのか？　同僚でいてほしいの？」

「な、何を言ってるん――」

「他所《よそ》の業界から来た一回りも年上の人間をイジるのが、そんなに楽しかったの？」

「お、俺は」

「他の誰とも関係を築けなかったの？」

「………………」

「僕くらいしかいなかったから、こうして化けて出たの？」

俺は言葉を失った。

白川の姿が霞《かす》む。静寂に包まれる。

首に巻いてあるタオルに気付く。

ああ、そうか。

合点した瞬間、俺の全てが消えた。

※　※

デコトラがすぐ横を走り去り、何台かのタクシーがそれに続く。

歩道に立ち尽くしている自分に、白川は気付いた。

空き缶を握りつぶして歩き出す。隣には誰もいない。誰の声もしない。セレモニーホールから自宅までの道を、自分一人で歩いている。

出版社にいた頃の同僚、阿部の通夜に行った帰りだった。

口ばかりで能力が伴わず、皆から嫌われていた阿部。その鬱憤を晴らすためか、「出版の知識に乏しい、十二も年上の同僚」である白川に、事あるごとに絡んでいた阿部。出版社を飛び出してからは、短期間での転職を繰り返していた阿部。風の便りに聞くのは悪い噂《うわさ》ばかりだった。

アパートの自室で阿部の腐乱死体を見付けたのは、異臭がすると苦情を受けた大家だった。ドアノブにタオルを引っかけ、首を括《くく》っていたという。

通夜には親族が数人いるだけで、弔問客は誰もいなかった。白川一人を除いて。

白川は歩きながら、改めて阿部の死を悼んでいた。

ついさっきまで自分の傍らにいた、死んだはずの阿部のことを思い出していた。

汚れた服を着て、首にタオルを巻き、青黒く腐っていた。

嬉《うれ》しそうに、本当に嬉しそうに自分をからかい、笑いものにしていた。

怖かったのは最初だけだった。すぐに憐れむようになり、終盤は少し腹が立った。

まさか軽く言い返したくらいで、ああも簡単に消えてしまうとは思わなかった。

寂しかったんだな。

家に着くまで、イジられてやってもよかったかもしれない。もし再び現れたら、気の済むまでやらせてやろう。

いや、やっぱり御免だ。

二度と化けて出ないでくれ。

それから白川は家族のこと、仕事のことだけを考えながら家に帰った。

我が愛しきマンチカン

中山七里

「ホワイト。レッド。クリーム。ブラウン。おいで、食事だ」

わたしが名前を呼ぶと四匹のマンチカンは喜んで駆け寄ってきた。

キャットフードが盛られた大きめの皿に首を突っ込み、がつがつと勢いよく食べる。四匹とも離乳食から卒業したばかりの子猫だが食欲旺盛で、見ているだけでこちらの口元が緩んでくる。

最初に満腹になったのはホワイトだった。ホワイトはわたしの足元にすり寄ってくるといきなり仰向けに寝転がる。へそ天と呼ばれる姿勢で、安心しきって無防備になっている証だ。ホワイトの次にはクリーム、続いてブラウンとレッドが満腹となり、ホワイトと同様にごろりと腹を見せる。戯れに首の辺りを指で撫でてやると、ぺろぺろと舐めてくる。与えられた至福の時を、わたしは存分に味わう。きっと子どもがいたとしても、これほど満ち足りた気分にはなれないだろう。

五十年来連れ添った女房を亡くしたのは去年の一月だった。子どもがいないせいもあって、わたしの生活は陰鬱な孤独の色に染まった。マンション住まいでは隣宅住人の名前も顔も知れず、寝ても覚めても女房を思い出す。何を食べても味気なく、何を見ても興味が湧かなくなってしまった。日常の全てから潤いが失われ、部屋の空気すらもかさついた。

そんな折、食料買い出しに出掛けたホームセンターで、何気なくペットコーナーに立ち寄った。普段なら通り過ぎるはずだったのに、目がゲージの中の生き物に吸い寄せられた。真っ白の被毛、手足が極端に短く、目がくりくりと大きなマンチカン。それがホワイトとの出逢いだった。

白いマンチカンはわたしの顔を間近に見ようとぷるぷる震えながら近づき、ゲージ越しに甘く鳴いてみせた。わたしを連れていけと懇願しているように聞こえた。

翌日、直ちにわたしは件《くだん》のマンチカンを買い、ホワイトと名付けた。初日からわたしはホワイトの愛くるしさに搦《から》め捕られ、慣れない下の世話や入浴の介助までした。そして一匹きりではホワイトも寂しがると思い、次の日からペットショップ巡りをして色違いのマンチカンを買った。名付けのセンスなど皆無だったので、ホワイトと同じくそれぞれの毛の色を名前にした。

マンチカンは独特の体形をしているが、人為的な交配の結果ではなく突然変異として生まれた。性格はおしなべて穏やかで、且つ好奇心が旺盛であるため人に慣れやすい。いささか偏屈気味なわたしには正にうってつけの動物だと言える。

四匹を招き入れた途端に生活は一変した。子猫たちの世話は手がかかるがゆえに充実し、一日があっという間に過ぎていく。昼間からビールを呷りながら見たくもないテレビを観ていた生活が、ずいぶん昔の出来事に思える。ホワイトたちの声を聞いていると世間の些事も忘れられる。今や四匹は完全にわたしの家族となっていた。

「にぃ」

一番小さなクリームがわたしの膝から腹、腹から胸へとよじ登り、首筋をちろちろと舐め始める。

不意にわたしが咳《せ》き込んだので、クリームは舌を引っ込めて心配そうにこちらを見つめた。

それまでハムスターさえ飼わなかったわたしが四匹もの猫を飼おうと決めたのは、ホワイトたちの愛くるしさも然《さ》ることながら罪滅ぼしの意味もあったと思う。

わたしは猫を食べたことがある。

もうずいぶん昔になるが、五年間ベトナム支社に赴任していた。日本人同士でつるむのを良しとしないわたしは、できる限り現地法人の社員と行動をともにするようにした。早く言葉を覚え、彼らに溶け込みたかったからだ。

食事にも付き合い始めた頃、彼らの食卓に信じられないものを見た。現地では「小さなトラ」と称される食材、つまり猫だ。ベトナム当局は猫の食用を禁じているが、首都ハノイでも猫肉の料理店が数多く存在している。

「猫を食べると身体が温まって、冬でも風邪をひかなくなる」

「気管支炎や肺病に効く」

現地社員からも熱心に勧められ、食うは一時の恥、食わぬは一生の恥とばかりに思い切ってひと口食べてみる。ところが意外な珍味で酒がよく進む。わたしはこの日を境に日常的に猫肉料理を食すようになった。

だがどれほど舌に馴染もうと、日本に戻れば禁忌の食材だ。カルチャーギャップからか日増しに罪悪感が募っていく。終《しま》いには猫を見るだけで申し訳なく思えてきたのだ。

ベトナムでの生活を後悔したことはない。郷に入《い》っては郷に従えという諺《ことわざ》もある。だが猫食を大いに愉しんだ贖罪の意識は常にあった。生涯唯一のペットに猫を選んだのは、おそらくそれが最大の理由だろう。


「げほごほげほ」

先週から咳が止まらない。風邪でもひいたのか熱もあるし喉も痛い。インフルエンザかとも考えたが、だとすれば一週間も続くというのは腑《ふ》に落ちない。

熱があっても子猫たちの世話を放棄することはできない。元来マンチカンは室内猫なので、一歩たりとも外には出していない。外に出してもエサにありつけるとはとても思えず、第一危険だ。わたしが面倒をみるしかない。

倦怠感《けんたいかん》があるので、子猫たちの相手をする以外はずっと寝ていた。高齢になれば病気の治りも遅くなる。幸い、自分の食料もキャットフードも一週間分は買い置きがある。しばらく寝ていればじきに治るだろう。

寝ていると、ホワイトたちがぞろぞろと布団の中に潜り込んできた。四匹と身を寄せ合うと暖房要らずになった。

ところが数日経っても一向に熱は下がらず、別の症状が加わった。

何を食べても味がしない。匂いもしない。

鈍感なわたしもさすがに思いついた。今、全世界に蔓延《まんえん》している新型コロナウイルス。ここ数週間の症状は正しくその罹患を示しているのではないか。

俄《にわか》に恐ろしくなり、わたしは最寄りの病院に駆け込んだ。てっきり診察を受けられるものと思っていたが、これが大間違いだった。

受付には人が溢《あふ》れていた。

「高齢者優先で診てくれるんやないのか」

「ここで五軒目なんや。せめてPCR検査だけでもしてくれ」

「もう東京《とうきよう》はワクチン接種が始まってるらしいやないか。大阪《おおさか》の医者は何ちんたらしとんねん」

一日待ってもわたしを診察する番は巡ってきそうになく、諦めて家に戻った。

迂闊《うかつ》だった。ここ数週間は子猫たちの世話か寝るだけの生活だったので碌《ろく》にテレビも観ていなかったが、我が街は大変なことになっていた。新型コロナウイルスの変異株が猛威を振るい、市内の感染者および死者が東京都のそれを上回ってしまったのだ。対して医療従事者の数が絶望的に不足し、遂には医療崩壊と相成った。病院のベッドはどこも満床状態となり、コロナ以外の患者は後回しにされた。それだけではない。同じコロナ患者でも、PCR検査の済んでいない後期高齢者は自宅で待機していてくれと市から要請されたのだ。

もはや、わたしのような後期高齢者の患者は自然治癒に頼るしかないらしい。どのみちコロナに特効薬などなく、安静にしているしかない。聞けば発症してから一週間程度は風邪のような症状が続き、約八割の患者はそのまま治癒するというではないか。

だが、わたしは新型のウイルスを舐めていたとしか言いようがない。家に閉じ籠って寝ていても病状は一向に回復しない。むしろ悪化した。咳に血痰《けったん》が混じり、息をするのも辛くなってきた。

それでも子猫たちのエサだけは忘れなかった。自分の食事は喉も通らないが、ホワイトたちは育ち盛りなのか相変わらず食欲旺盛だった。己が衰弱していても、子猫たちが元気な姿を見ていると一時的であっても気が紛れた。

あれから何日経ったのだろう。

ふっと意識がなくなる時が続く。

前に目を覚ましたのが何時間前か、それとも何日前かも分からない。

最後に食事をしたのは一昨日だったか、それともその前だったか。

もう身体を動かすこともできず、排泄は布団の中で済ませるしかなかった。携帯電話はリビングに置いたままだが、どうせ充電切れになっている。思考能力もめっきり低下していた。

子猫たちのエサはとうに切れていた。もう何日も食べていないはずだ。わたしはいいがホワイトたちにひもじい思いをさせているのが辛い。しかし腕一本上がらない状態ではどうすることもできない。

わたしはゆっくりと死を自覚し始めていた。どんなに衰弱していても自分の死期くらい見当がつく。間違いなく命の灯《ともしび》は消える寸前だった。

死を自覚しても大して後悔はなかった。わたしが死んだところで悲しむ者は誰もいない。心残りがあるとすればホワイトたちの今後だけだ。わたしの死後に引き取ってくれる飼い主が現れればいいのだが。

消えゆく意識の中、子猫たちがわたしに近寄ってきた。

ありがとう、お前たち。

わたしの最期を看取ってくれるというのか。

ただ子猫たちの目は前のようにきょとんとしておらず、やけにぎらついていた。
猫が肉食動物であるのを思い出したのは、ちょうどその時だった。

うしろの人

平山夢明

初出　『鳥肌口碑』（宝島社文庫）

……こんな譚《はなし》を聞いた。

有水《うすい》さんは通勤のために駅のホームで電車を待っていた。

彼女はいつも待ち時間には本を読むことにしている。

運良く一番前に並ぶことができたという。

「ねえ。……前、つめて」

突然、背中越しに苛《いら》ついた声がした。

「え？　あ、はい」

一歩踏みだしたところ、タイルが湿っていたのか足が滑り、大きくバランスを崩した。

その瞬間、体の真横をけたたましい警笛と共に電車が通り過ぎた。

恐ろしさに震えながら振り返ると、次の人たちは自分の遥か後ろにいた。

みな、不吉なものを見るような表情をしていたという。

「きっと自殺でも企んでいたと思われたんです」

衣装　シークエンスはやとも

某キー局の衣装さんに聞いた話なんですけどね。

洋服好きな人って、ハイブランドのブティックとか、百貨店とかよりも、古着屋によく行くらしいんです。

それこそ高円寺《こうえんじ》とかの、穴場といわれる古着屋で膨大な量の服が雑多に陳列されている中から、結構な時間をかけて、〝これだ〟って感じる一点モノを見つけ出すのがすごく楽しいって言ってて。

話を聞いた衣装さんもそういうタイプで、何軒か行きつけの古着屋があって、ある日、まさにこれだって思うセットアップを見つけたらしいんですよ。

ちょっと派手めの個性的なデザインも良いし、サイズ感もぴったりで。自分で着るにも良いし、それこそ仕事でタレントに着せても見栄えのする、まさに一点モノのお宝だって感じたらしくて。ただ、ちょっと価格のこととか、その時荷物が多かったこととかもあって、一旦考えようってその日は買わずに帰ったらしいんですけど、何日もあけずにまたその店に行った時にはもうなくなっちゃってたらしいんですね。

あ～、勿体なかったなって、少し後悔はしたものの、古着との出会いってそういうのもよくあるらしくて。そんなに気にすることもなく、忘れて過ごしていたらしいんです。

で、数日後にフラッと同じ店に立ち寄ったら、あのセットアップがまた陳列されていたんですって。

古着屋で、もちろん商品もすべて一点モノなので、在庫が復活したということはあり得ないんですけど。でも、店舗の狭さに対して抱えている商品の数が膨大なこととか、その衣装さんみたいに数日置きにちょくちょく覗《のぞ》きにきてくれるお客さんのこととかを考えて、こまめにバックヤードの服と店頭の服を入れ替えているお店が多いらしいんですよ。だから、きっとこの服もそうなんだろうな、たまたまこの前はバックヤードに下げていて、今日は店頭に出ているんだろうな〜って、自分の中ではすぐ納得がいったんだそうです。

その日はもともと店に寄る予定ではなかったからこそ、運命めいたものも感じて、すぐにレジに持っていったんですよ。

僕にそう話す彼女の表情が、内容とは裏腹にずっと複雑そうだったことがひっかかったんですけど、とりあえず続きを聞きました。

レジで会計を済ませて、包んでもらっている間に雑談がてら言ってみたらしいんですよ。この服、この前きたときはなかったから売り切れちゃったのかと思ってヘコんでたんですよ〜、だから嬉しいですって。明るく話したらしいんですけどね。

「あ、そうです。その日の午前中に売れちゃってたんですよ」

「え？」

「でも、一昨日また戻ってきたんです。あ、大丈夫ですよ、ちゃんとクリーニングは済んでますし、そもそもほとんど着ていないって言ってましたし」

　聞き返した上で、さらになんとも腑《ふ》に落ちない返答ではあったものの、購入品の包みを渡された時にはやはり嬉しい感情が上回ったので、それ以上深く聞かずに帰宅したそうです。

　でも気に入りすぎて気軽には着られないって気持ちがあったのか、部屋に飾るように吊《つる》したまま、なかなか着る機会がない状態で時間が過ぎていったらしいんですよね。でも、部屋に飾ってあるだけですごく嬉しくなるし、遊びにくる友達にも毎回褒められるしってことで、本当に買って良かったな、なんて思っていたある日。遊びにきたスタイリスト仲間から連絡が入って。「今度の仕事であのセットアップ借りたいんだけど、ダメかな？」って、そんな内容だったらしいんですけど。

　これ、僕だったら最初は自分で着たいなとか思っちゃうんですけどね。その衣装さんは「むしろ嬉しかった」って言っていました。使いたい仕事っていうのが、かなり人気のある若手俳優のテレビ衣装だったらしくって。そういう大舞台で使われるくらいのお宝なんだって思ったら、二つ返事で承諾したって。

だから、放送日はなんとなくソワソワしちゃったし、結構キャリアある方《かた》なんですけど、テレビ画面をスマホで撮影したりして、ちょっとはしゃいじゃうくらい嬉しかったらしいんです。でも……

終始複雑そうな表情で話していた彼女が、一層顔を曇らせたので、あ、何かまずいオチがくるぞって感じました。

その俳優さん、直後に自殺しちゃったんですよね。

結局、彼女は古着を店に返したそうです。スマホで撮ったテレビ画面の写真もすべて消したと言っていました。

コロナ、こわい

海堂尊

災難巻き込まれ体質の俺は、いきなり『怖い話』というショートショート・アンソロジーの執筆陣に加わることになった。

まあ、それは俺の通常運行ではある。

俺は、首都圏の端っこの桜宮《さくらのみや》市に君臨する東城《とうじょう》大学医学部の片隅で、「不定愁訴外来」の看板を掲げて、患者の愚痴を聞くのを業務にしている医師だ。

そんな俺がひょんなことから、（いつも思うのだが、この『ひょん』とはどういうものなのだろう。誰も教えてくれないので、放置しているのだが）作家デビューを果たし、デビュー前にゴーストライターを三人も抱える大文豪もどきになった。

そんなある日、本物の作家と知り合った。その経緯は一冊の本になっているので、興味のある方は『コロナ狂騒録』という小説を読んでほしい。

世界では新型コロナウイルスＣＯＶＩＤ－19が跋扈《ばっこ》していて、二〇二〇年の前と後とでは全く違う世界になっていた。

俺が作家デビューするなんて世も末である。

俺は知り合ったばかりの終田《ついた》千粒《せんりゅう》先生から仕事を回された。それが『怖い話』というショートショート・アンソロジーだ。

終田師匠は、『コロナ伝』というトリプルミリオン・ダウンロード作品を刊行した、文壇の超売れっ子だ。

迂闊《うかつ》にも俺が依頼を受けてしまったのは、原稿用紙一枚から五枚の文章量だと言われたからだ。文才がなくても原稿用紙一枚なら埋めることはできるかも、と思ったのが運の尽きだった。

人間、魔が差す瞬間とは、そんな風にさりげなく忍び込んでくるものなのだろう。

タイトルは、すぐに決まった。『怖い話』。アンソロジー集のタイトルのまんまである。でも、これなら文句は言われないだろう。順調な滑り出しだった。

だがいざ書こうとして筆がぱたりと止まった。書けなかった。

そう、考えたら俺は作家ではない。なので、その時にある集まりで愚痴り、ゴーストライターの一人、白鳥《しらとり》という厚生労働省の技官に言った。

「この間のエッセイの調子で、原稿用紙一枚のショートショートをサラのラーで書いてもらえませんか」

「それは無理無理。僕にはできないね。そもそもお題が悪すぎるよ。『怖い話』って、『怖いこと』がなければ書けないだろ。ほら、僕って怖いもの知らずだから」

なるほど、確かにおっしゃる通りだ。白鳥は更に滔々《とうとう》と続ける。

「それにショートショートは短いから楽ちんだと思ったら大間違い、大変な上に燃費がすごく悪いジャンルなんだ」

「でも千枚の大作より一枚のショートショートの方が楽なのは確かでしょう」

するとと白鳥は人差し指を立て、ちっちっち、と言いながら左右に振った。

「田口《たぐち》センセは作家デビューしたのにわかってないなあ。物語を作るのは飛行機操縦に似てて、離陸と着陸が大変で、その間の航空中はお茶を飲みながらキャビン・アテンダントさんといちゃいちゃしていても、問題ないんだ。長編作家は一見凄そうだけど、創作者としては横着者なんだよ。どんな短い物語にも起承転結があり、大変なのは起と結なんだ。その意味でショートショートを作るには才能が必要で、それを量産した星新一《ほししんいち》先生が日本で一番才能がある作家さんなんだよ。それにしても終田さんはトッポいな。ショートショートは短い割に執筆の労力は長編と同様で、原稿料は長編の百分の一。そんな割の悪い仕事を後輩の田口センセに押しつけたんだからね」

白鳥の一気呵成の怒濤の叱責言葉を聞いた俺は、終田先生から丸投げされた、もとい、頂戴した仕事に、ほんの僅かの間でも感謝した自分を心中で叱責した。

隣で聞いていた後輩の彦根《ひこね》が、そんな俺に助け船を出してくれるかのように言った。

「できない子を叱るだけでは、その子は育ちません。それよりどうしたら書けるようになるか、一緒に考えてあげましょうよ。『怖い話』を書くには怖いものを思い出して膨らませればいいんです。田口先輩はどんなことが怖いですか？」

「改めて考えてみると、ひょっとして俺は怖いものはあまりないかもしれない」

すると、白鳥技官がすかさず言う。

「さすがわが弟子、師匠の僕と同じ体質だね」

俺は顔をしかめた。俺が「怖いもの知らず」になったのは白鳥技官のせいかもしれない。彼が俺に投げる無理難題に対応するには目前のトラブル回避や解決に全力を傾注しなければならず、恐怖など感じるゆとりはなかった。

そうか、恐怖とはゆとりの賜物なのかも、と俺は納得する。

もうひとつ気づいたことは、恐怖とは希望や欲望があるから起こるのかもしれない、ということだ。

その意味では俺は良くも悪くも、常に行き当たりばったりが通常運行の男だった。計画が狂ったら、それもまた人生だから仕方がない、と簡単に諦めてしまう。希望や欲望が薄く執着しないので、計画が狂うことに恐怖を感じる前に、ただきらさらと流されてしまうのだ。

黙り込んだ俺を見て、彦根が更に言う。

「今の田口先輩は恐怖心が薄くても、子どもの頃は怖いものがあったでしょ？　それを思い出して書いてみたらどうでしょう。何が怖かったですか」

俺は少し考えて、「『家庭の医学』かな」と答えた。

どの家にも一冊あった、常備薬のようなその本は、子どもの頃の愛読書だった。といっても決して好んで読んだわけではなく、そこに書かれた病状の記載から目が離せなくて、つい繰り返し読み返してしまったのだ。喩《たと》えれば、かさぶたをいじり回して繰り返し剥がし、何度もかさぶたを更新するような行為に似ていた。

そこには赤痢、天然痘、ジフテリア、百日咳などの伝染病の病状が、これでもかといわんばかりにおどろおどろしく詳細に書かれていた。

それを読んで沸き起こった感情こそ、俺の恐怖心の原点には違いない。

「でもその感覚って、お医者さんになった今となっては再現は不可能でしょ。けれども確かにそれはこの物語を書く上ではすごいヒントかもしれない。恐怖の裏側には無知がある、ということさ。怪談話のひとつのジャンルの『霊魂』の存在なんて彦根は信じていないでしょ？」と白鳥が言った。

「当たり前です。僕は病理医ですから。深夜に呼び出され助手もいなくてひとりきりで腑分けをするんです。霊を信じていたら仕事ができなくなってしまいますよ」

一同は沈黙した。俺は焦って言う。

「で、どうすればこのショートショートが書けるんでしょうか」

あっさりと結論を出したのは白鳥だった。

「作品を書くのは作家の仕事だから、田口センセが自分でなんとかしないといけない、ということだね。これが田口センセのほんとの作家デビューになるわけだよ」

うう、最後は突き放されてしまった。彦根が言う。

「でも助けになったはずです。要するに無知な輩《やから》に委託して恐怖心を煽《あお》るような出来事を書いてもらえばいいんです。怪談の定型で『これはある人から聞いた話である』という枕がありますから、そうすればなんでも書けますよ。せっかくですからみなさんが何を怖いか、田口先輩のために打ち明けてみてはどうでしょうか」

「それは無駄じゃないかなあ。ここにいる医療関係者は死ぬことは怖くないし、知識もあるから言い伝えの類いは理屈で判断してしまうからね」と白鳥が言う。

「そんなことないと思いますよ。たとえば高階《たかしな》先生なんて、ゴキブリが怖くてしかたがないそうですから。それは今も変わらないでしょ？」

「藤原《ふじわら》さん、それは口外しない約束だったのでは」

「あら、その約束はとっくに期限切れで失効してるわ。結局、なぜゴキブリが怖くなったんでしたっけ？」

高階先生は諦め顔で告白する。

「幼い頃、窓から飛んできたゴキブリが、私の足から身体に這い上がり、胸元を走り抜けていったという、トラウマの経験をしたので」

その場にいた人たちは一斉に、ぶるりと震えた。高階先生の恐怖心は一瞬で共有されたようだ。白鳥だけがきょとんとしている。

「なんで？　ゴキブリって可愛いのに。あれはコオロギの仲間だから、鈴虫を愛《め》でる日本人ならゴキブリを愛でてもいいでしょ」

どうやらコイツは、俺が初めて会った時にコイツのことをゴキブリと誤認したことはいまだにわかっていないらしい。

「あたしはヒトが怖いですね。何をしでかすか、わからないんですもの」

地雷原と呼ばれた女傑にしてはしおらしいことを藤原さんが言う。というより、あんたが一番、何をしでかすかわからない恐怖のもとだったんですけど。

「つまり、ゴキブリのような人間が増殖して世界に満ちあふれるというのが、怖い話の筋書きになりそうですね」

彦根のまとめを聞いて、みな一斉に顔をしかめた。白鳥が満員電車にぎゅうぎゅう詰めになり、ひとりひとりが理屈っぽいことを言い立てて、誰も他の白鳥の言うことを気にしない、という光景が浮かんだ。

なんという地獄絵図。

俺のヤワな筆では、描写しきれるものではない。

「それはやめておく」と言った俺に異論を唱える者はいなかった。

それでもそれはありがたいアドバイスだった。

つまり自分の恐怖心の原点をたどればいいということだ。そうした原初的な感情を凝縮したのが昔話や言い伝えだろう。

「なるほど、ヒトが怖いというのは根源的かもしれないね。だったら僕たちみたいに、怖いものがないというのは、一般人たちから見たらホラーかもしれない。真夜中にひとりでにたにた笑いながら、死者の臓器を取り出す血塗《ちまみ》れの彦根の図なんて、江戸時代の怪談絵物語そのものだし」と白鳥が言うと、珍しく彦根が真顔で抗議する。

「解剖という神聖な医学的行為なんですから、茶化すのはやめてください」

「ごめんごめん。でも神聖な行為も立場を変え一般人の視点で見たら、恐怖なのは間違いないだろ。そんな風に目線を変えてみたらどうかなあ」

白鳥のアドバイスが、胸にしみ込んだ。

「その意味では今、誰もが怖いのはコロナでしょうね」

藤原さんの言葉に、みんな一斉に同意する。彦根が言う。

「確かにコロナ蔓延は医療人にとっても恐怖かも。アイツ、これまでの感染症から完全に逸脱した妙なヤツで、何をしでかすかわかりませんから」

「つまり知識が集積するまではその状態が続いて、医療人も一般人と、無知というレベルでは同じになるわけか。よし、これでタイトルは決まった。『コロナ、こわい』だ。それじゃあ頑張ってね、田口センセ」

白鳥は勝手にタイトルだけ決めて、さっさと立ち去ってしまった。

残された俺は、一層ハードルが高くなった課題を前に呆然とした。

だがこの会は有意義だった。立場を変えて考えたら、コロナによって滅ぼされるかもしれない種族の恐怖なら書けるかもしれない。

俺は勇んで筆を執り、一気に書き上げた。


――インフルエンザ三兄弟の長男〈トリ〉が言った。

おのれ、ぬしのせいで我々は大変な迷惑を被っているんだぞ。ぬしがあたりかまわず戦線拡大するから、人間たちが手洗いやマスクをきちんとするようになった。おかげで我々の生存確率は前年比で半減以下になってしまった。どうしてくれる。

新米のコロナ君はにこやかに言う。

それも時の流れです。僕は病原体軍団の勝利を目指して戦っているだけです。

馬鹿な。あんな戦略を続けたら、我々は絶滅させられてしまう。

それはインフル先輩たちが、かつての大先輩、コレラさんやチフスさんやペストさんやセキリさんをバカにしたのと同じ目に遭っているだけです。因果応報、祇園精舎の鐘の声ですよ、先輩。

インフルエンザ三兄弟はその時に悟った。

そうか、あの時に見た恐怖の悪夢は、この予知夢だったのか。おしまい。

こうして俺は、インフルエンザウイルスの目線に立って、滅亡する恐怖を描いてみたが、自分で言うのも何だが、ちっとも怖くない。その時、俺の脳裏に、まだ会ったことのない、ショートショート・アンソロジーの編集者の、般若《はんにゃ》のような顔が浮かんだ。

俺は、締め切りに追われる作家の恐怖をまざまざと感じた。

流鏑馬《やぶさめ》の人形

原昌和

俺の友達の話だ。

そいつは、両親が何日か留守にする時に必ず、おばあちゃんの家に預けられていたのだが、おばあちゃんと二人きりの時間は子供には退屈だったらしく、夜になるとよく泣いておばあちゃんに迷惑をかけてしまって居たようだ。

そのおばあちゃんの家には「人形部屋」と呼ばれる、日本人形やフランス人形がいっぱいおいてある部屋があって、そこに、おばあちゃんが一番大事にしている、ガラスの箱に入った「流鏑馬《やぶさめ》」の、馬にまたがり弓を引いている人形があった。

「コレは大事なお人形さんだから、コレで遊んじゃダメだよ?」といつもおばあちゃんに念を押されていた。

言われなくても、彼は昔からなんとも言えずその人形が怖くて、夜中にトイレに行く時は必ず、その部屋の前を通らなければいけないのが凄く怖くて嫌だった。

だが、その日もそいつは夜中にオシッコがしたくなって起きてしまった。

怖いから、目を閉じたままトイレに行こうと思って、部屋を手探りで出た。

部屋を出て左側に廊下が延びている。その突き当たりが「人形部屋」。そこをさらに左に曲がっていかないとトイレには行けない。

そいつは目をつぶったまま手探りで廊下を歩き始めた。

すると、すぐに「カリカリ……カリカリ……」という音が前方、廊下の奥の方からしているのに気付いて目を開けてしまった。

その廊下には、とても薄暗い常夜灯のような「豆球」が頭上にあり、ぼんやりと廊下の中間あたりを照らしている。その光は廊下の奥の方までは届き切らないのだが、突き当たりの手前あたりに「猫」のような影があった。

そいつはホッとした。この家には昔から出入りしている野良猫がいるのだ。

猫好きな彼のこの家での唯一の楽しみは、この猫に会えるということだった。

嬉しくなったそいつは「おいでーおいでー」と、しゃがんだまま、その猫を呼んで、コッチに来るのを待っていた。

それが少しずつ近づいて来る。

その猫は、少しヨタヨタとした足取りでコッチに歩いてきた。

「あれ？　足を怪我してるのかな。可哀想に……」

猫はもう少しで豆球の照射範囲に差し掛かる所まで来た。

「カリカリ……カリカリ……」

猫は近づいて来る。

ジワジワと少しずつ電球の光で照らされ出す様《さま》を見ていて思った。

「これ……猫じゃない。動きが猫じゃない」

カタカタと、紙相撲の力士のような動きで近づいて来る。

そしてそいつは頭上の電球の光の射程圏内に入ってきた。はっきりと見えたソレは、首を鉛筆削りのように「カリカリ」と回転させながら近寄って来る「流鏑馬の人形」だった。

「カリカリ」という音は人形の首が回っている音だった。

そこでそいつは、怖い話にはお決まりの気絶をぶっかまし、気付くと朝になっていたという。

目が覚めると、おばあちゃんが「あの馬に乗ったお人形で遊んだね！　どこに持っていったんだ？」と怒ってその人形を探していた。

朝、おばあちゃんが人形部屋に行ったら、流鏑馬の人形が箱の中から無くなっていたという。

自分はその人形を隠したりしていないし、あの最後の記憶のまま、今もどこかを彷徨《さまよ》っているのかもしれないと思ったら、怖くて怖くて、そこから帰るまではよく覚えていないらしい。

後日、おばあちゃんから電話がかかって来てこう言われたそうだ。

「こないだ、お人形箱から出した人形あったよ。あんたの寝てた布団の中に。もう、あれで遊んじゃダメだよ」

棘髪《おどろがみ》

林由美子

　二十九歳の身空にして妻の葬儀を終えた晩、僕は悲しみと疲労をないまぜに抱えて胡坐《あぐら》をかいていた。

　畳からはまだ新しいイ草の匂いが漂っている。一歳になったばかりの祥太《しょうた》の誕生に合わせて買った戸建て住宅だ。リビングルームに隣接する和室は子供部屋にしていて、隅には最近では使わなくなったベビーベッドがあり、紙おむつやおもちゃなどの置き場になっていた。今はそこに兜《かぶと》と五月人形、市松人形のショーケースが押し込められている。妻、彩加《あやか》の急逝で人の出入りが慌ただしくなったので、近所に住む義父母が片付けたのだ。五月人形はこの義父母からの節句祝いで、市松人形は義母がついでにと自宅から持ってきた。「このお人形ね、彩加が生まれたときに叔父にもらったのよ」と言っていた。彩加は「飾る場所ないよ」とふくれていたが、義母は半ば強引にそれを置いていった。ついひと月前の話だ。

　ようやく伝い歩きを始めたばかりの祥太は、彩加が亡くなった三日前から義父母の家に預かってもらっていた。まだ一歳、祥太は母親の記憶を持てないだろう。そう思うと、ふいに込みあげるものがあり僕は目頭に手を押し当てた。

「久志《ひさし》くん」

　唐突に彩加の声がして、僕は目を見開く。空気から聞こえた、そんな感じだ。反射的に辺りを見回すが室内に変化はない。いや、あった。ベビーベッドに設置した人気キャラクターのメリーが微かに揺れていた。

「久志くん、こっち、ここよ」と、突然、市松人形のショーケースがびびっと鳴り、

「うわっ」僕は思わず胡坐をかいたまま後ずさった。

「ちょっとビビりすぎじゃない？　今、わたしのこと考えて泣いてたんじゃないの」

市松人形のガラスケースが小さくびりびり震えている。

「彩加……？」真正面を向いたまま表情を変えない市松人形を見入る。すると今度はオカッパ頭の髪が幾筋かなびいた。僕は恐る恐る人形に近寄り、立て膝をついて目線を合わせた。

「別に取って食いやしないわよ。そんな能力なさそうだし」

「そこにいるのか。人形の中に」

「そうみたいね」

「いつから」

「死んでからに決まってるでしょ。というか、わたしやっぱり……死んでるんだよね」

「覚えてないのか」

「いったーいって感じた直後からまったく」

「車を運転してて、後ろからトラックに突っ込まれたんだよ」

「まじむかつく」そう言った後、彩加はしばらく黙り込んだ。「でも祥太を乗せてなくて良かった。本当にそう思う」

彩加は祥太を義母に預けて、紙おむつの特売のためにドラッグストアに向かい、事故に遭ったのだ。

「そりゃあさ、葬式だってあったわけだし、死んでるに決まってるとは思ったけど一応聞いてみた。もしかして集中治療室で眠ってるとかじゃないかなって」

僕は悔しさに拳を握りしめた。「ごめん……違う」

「久志くんが謝らなくても」彩加の声が僕を元気づけるように笑う。「あ、でも喪主の挨拶は何を言ってるのか、さっぱりわからなかった」

「葬儀会社の人が下書きをくれたけど、読んでるうちに堪《こら》えきれなくなっちゃって……って、え？　なんでそんなことまで知ってるんだよ」

「見てたもん。自分のお葬式」

僕は改めて市松人形を見つめた。「この中にいるんじゃないのか？」

「そうだよ。でも見えるのよ、不思議なことに。神の視点っていうやつ？　今ね──うちのママが泣き止まない祥太を抱っこしてあやしてる」彩加の声が震えた。「申し訳ないな、ママだってわたしが死んでそれどころじゃないのに……どうして死んじゃったんだろう」

僕はショーケースから人形を出すと、ワックスがついた固めのおかっぱ頭を撫でた。

「死んだんじゃないよ。神になった。そう思おう」

僕と彩加は朝まで話し続けた。大学のサークルで出会ったときの互いの印象や、就職したての頃にした大喧嘩などの思い出話もあれば、葬式に来た上司の不倫話なんかの今する必要のない俗っぽい話もした。僕は途切れる隙を作らず、会話を紡ぎ続けた。ふいに彩加が去ってしまいそうで、きっと限られた機会であり、貴重な時間に思えたからだ。

だが朝になり、つい一時間ほどうつらうつらしても彩加はここにいた。

「いつまでいられるかわからない」彩加はそう言った。

本当の別れはある瞬間突然やってくる——僕はそんな覚悟をして、その時を迎えても悔いがないよう彼女と過ごそうと考えた。

食卓椅子に箱や本を積んでそこに市松人形を置いた。「なにやってるの」彩加は笑い声をあげたが、僕が義父母の家から祥太を連れ帰り、彩加の向かいの食卓用ベビーチェアに座らせると、市松人形の目元に水滴が浮かんだ。

「すげえ、怪奇現象だ」

「馬鹿にするなら呪うよ」

僕はご飯とみそ汁をこしらえ、彩加の茶碗にそれをよそい彼女の前に置く。祥太にはベビーフードの魚のつくね団子を足した。三人で食事をする機会はあと何回あるだろう。祥太は向かいの市松人形が気になって仕方ないようで「あーあー」言いながら手を伸ばす。

「あ、おい。悪戯するなよ。この子はママだからな」

「ちょっと！　変なこと教えないでよ」

「あーあーあーあー」祥太が両手でばんばんテーブルを叩《たた》く。しかし彩加の声は聞こえていないようだ。

「うわっ。こぼれるだろ」僕はひとさじひとさじ祥太に飯を与えた。彩加は「もうちょっと少なく」だとか「飲み物も」とかうるさい。食事を終え、彩加から死角になる和室でオムツ替えをしている間も「そこ、もう少しきれいに拭いて」と、チェックが入る。

「神の視点も考えもんだな」僕は辟易としたふうを装って笑った。

「そ。だからわたしの目が黒いうちに、死亡保険の受け取り手続きもして、それと保育園はどうする？　わたしはママの提案を受けていいと思うけど」

三歳の入園まで、僕が会社に行っている時間、祥太の世話を引き受けると義母から話があった。ものすごく助かる申し出だった。

「お願いしようと思う」「うん、ママもパパも喜ぶと思う」

そうして翌週から、僕は会社に復帰した。最初は腫れ物に触るようだった上司や同僚の態度も、四十九日が過ぎると徐々に自然になっていった。時折「うちの奴が冷蔵庫買えってしつこくて」と口走った同僚が失言でもしたような顔をすることがあったが、僕は「気にしないでよ」と笑った。実際に気にしていなかった。僕のうちの奴がまだ家にいてくれるからだ。

とはいえ、彩加が生きていた頃と暮らしは一変していた。起きる時間は以前より一時間半早くなり、洗濯機を回し、祥太の支度をし、子供がいる以上最低限の掃除も済ます。その間、彩加のああだこうだの指摘を受けながら時間ぎりぎりに家を出て、祥太を彩加の実家に預けに行く。以降退勤までが、唯一前と同じ自由があった。状況的に残業が免除される雰囲気があって幸いだったが、そこに不安がないわけではなかった。僕は半導体のデバイスを作る会社で営業職にあり、客先を回るうえで定時を守ろうものなら、どうしても誰かに代打を頼まざるを得なかった。この有様ではいずれ戦力外と見なされるに違いなかった。

そうした複雑な心境で皆より早く退勤し、食品や日用品の買物をして彩加の実家へ向かう。祥太と二人で夕食を世話になり、帰宅後は彩加から祥太の一日についての報告を受けつつ子供と風呂に入る。その際、彩加は僕の営業先が考えているロット価格などを教えてくれるので頼もしい。反面、「久志くん、あんな弱腰じゃだめだよ」と適当な口出しをされるといい気はしない。祥太を寝かしつけた後は彩加との時間だったが、疲れで長く起きていられないようになっていた。土日も祥太の世話に追われ、満足に寝られないからだ。

そんな折だった。課長から「今日、十六時から北野精機行ってくれるか？　先方がどうしても笹本《ささもと》に来てほしいって言うんだよ」と頼まれた。

「行ってくれるもなにも僕の担当ですから」あそこの社長は話が長く帰りは九時を回るだろうが、義母は許してくれるだろう。

そのときだった。課長が「いてっ」と口走った。「あれ、紙で切ったかな」課長の手の甲に細く赤く血がにじんでいた。

一旦僕に対する残業免除の枷《かせ》が外れると、しばしば帰りが遅くなる状況が生まれた。だが助かることに義母は「気にしなくていい」と言ってくれるのでありがたかった。

彩加はそれを良く思っていなかった。「遅い時間まで振り回される祥太の身にもなりなよ」が言い分だ。

「かわいそうだけどいずれ教育費だってかさむんだ。祥太のためにも頑張らないと」

「うそ。本当は独身気分の時間が増えるから残業したいんだよ」

市松人形の髪がふわっとなびき、僕はどきりとした。彩加が怒っているのがわかった。だが喧嘩につきあう気力体力がなく、そんなとき僕は早々に祥太と早寝を決め込んだ。

その直後、同期の転勤が決まった。栄転だ。祝いと送別を兼ねて、親しい同期で飲もうという話になった。義母は「祥太は泊めるからゆっくりしてらっしゃい」と理解を示してくれ、僕は男女五人で居酒屋に行った。

飲み会はずいぶんと久しぶりで楽しかった。最初こそ妻を亡くして間もない僕を気遣う空気があったが、酒の量が増えてゆくと遠慮は薄らいでいった。

「いやあ、人生何があるかわからないよな。でも案外元気そうだから良かったよ」

「子供の世話で落ち込んでる暇がないんだよ」

「まだ若いし、ぶっちゃけ、いつかは再婚とかアリでしょう」

「ちょっと、いくら酔っててもそんな話するの早くない？　まあでも、笹本くんなら女子人気あるからなくはないよね」

「そんなに持ち上げるなよ。子連れ狼、特技はオムツ替えだよ。再婚なんてムリムリ」

皆で笑っていると、僕以外の四人が唐突に顔をしかめた。

「どうした？」と僕が尋ねるのと、皆が「痛い」と口々に言うのが同時だった。

四人の手や頬、首に細く赤い線が走っていた。

「なんだこれ」「やだあ、どうして顔が切れてるの?」と、動揺している。僕も何が起こったのかわからず、「大丈夫か?」とりあえず皆におしぼりを渡す。

と、所狭しと料理が並んだテーブルに、シャープペンの芯のような細い棒が数本落ちていた。それを摘まむと指が赤く汚れた。わずかにしなった。片方の先端がかなり鋭利になっていて、そこに触れると指が赤く汚れた。つまり、皆にこれが飛んできたのだろうか。ボーガンのような射出機で誰かが攻撃したのかと思い、僕は辺りを見回したがなんの変哲もない居酒屋の光景があるばかりで首を捻った。改めて摘まんだ細いものを見ると、それは何かの繊維でできているように思え、そこで初めて僕はこの手触りを知っていることに気づいた。

市松人形の髪の毛だ。

酔いが吹っ飛び急いで帰宅すると、消灯した家の中で食卓椅子に佇《たたず》む市松人形の影が色濃くあった。僕は何か怖くなって、慌てて灯りをつけた。

市松人形の髪はくしゃくしゃに乱れ、その目には水滴がたまっていた。

「わたし、謝らないから」

「驚いたよ、人を襲えるなんて――。怒るならおれに向けろよ。皆は関係ないだろ」

「関係ない？　奥さんが死んで三か月経ってない相手に再婚話なんかする？」

「酒の席じゃないか。見てたならわかるよな、皆に悪気はない」

瞬間、すっと針のようなものが耳をかすめた。振り返れば後ろの壁に人形の髪が刺さっていた。

「禿げるぞ」恐ろしさを隠すための精一杯の冗談だった。

「寝よう」僕は市松人形を抱えるとその乱れた頭を整え、共に布団に入った。

防虫剤の匂いを鼻に感じながら、目を閉じても眠りにはつけず、かといっていつかのように朝まで話し込む気にもなれなかった。

「久志くん、わたしの気持ち考えたことある？　朝二人ともが出かけてから帰るまで誰とも話さずにダイニングに座ってるの。祥太を抱っこすることすらできないし、洗い物ひとつできない。お腹も空かなければ眠くもならない」

「……うん、わかるよ。辛いと思う」

「わかってないよ……それならもっと早く帰ってきてくれるもん……ねえ」彩加は涙声になった。「ねえってば……わたし、どうして死んだの？　まだやりたいことたくさんあった。祥太に一度もママって呼ばれてないんだよ……字の書き方に、自転車だって乗り方教えたかった。小学生になったら……サッカーとかするのかなあ……泥で服汚したり……」

その声は嗚咽に変わる。

「おべ、お弁当……作ったり、反抗期なんかが来たり……彼女でき……たり、どん、どんな人と結婚する――うっく」

僕は市松人形を抱きしめると頭から布団をかぶった。朝まで呻き声は続いた。怖かった。人でなくなってしまった彩加の、この世に対する未練を嫌というほど感じたからだ。

起床後、僕は市松人形を食卓椅子に座らせると、パンとコーヒーの朝食を用意し、人形の前にもそれを置いた。

「動けたら卵くらい焼いてあげるのに……」彩加が呟《つぶや》くと、インターフォンが鳴った。

義母が泊めた祥太を連れてきてくれたのだ。

「ついでに煮物も持ってきたわよ」と、祥太を抱いてリビングルームに入った義母は椅子に座らせた市松人形とそこに用意した食事を見ると、僕に奇異の目を向けた。

「久志くん、あの、まさか、いつもこうやってご飯食べてるの……?」

「……まあ、はい」「祥太も一緒に?」

僕は頭を掻きながら、どう説明したものか迷った。「ええとですね、驚くかもしれないけど、この人形、彩加なんです。お義母さんには聞こえないかもしれないけど――」

「久志くん、黙って！」彩加が遮った。「気でも狂ったかと思われる！」

実際、義母は目を見開いて僕を見ていた。そしてひとこと言った。

「このお人形、髪、こんなに長かったかしら」


次の日の昼下がり、会社でパソコンに向かい事務処理をしていた僕は、スマホに来ていたラインのメッセージを凝った首を鳴らしながら開いた。

『勝手をして悪いけど、市松人形、お祓いに持っていくわね。昔の写真に写ってるのを見つけたけど、やっぱり髪が伸びてるのよ。オカッパだったのに胸まで長くなってる。お父さんは化学反応の加減だって言うけど久志くんの様子も心配だし』

僕は慌てて給湯室から義母に電話をかけた。だが相手は出ない。お祓い——彩加とこんな形で別れたくはなかった。

僕は外回りを装って、急いで自宅に向かった。地下鉄の車内から義母の携帯に連絡をとるがやはり出ない。駅から自宅に走り着くと鍵を開けるのももどかしく中に入った。

「あああ」義母のなんともいえない悲鳴が聞こえてリビングルームに飛び込む。義母の体中に、黒い針と化した髪が無数に刺さっていた。

床には無残に市松人形がひしゃげていた。髪はざんばらになり、顔と頭が半分潰れ、胴体はあらぬ方向に崩れていた。かたわらに片手鍋が転がっている。

「お祓いに持っていこうとしたら——襲ってきたのよ」

恐らく鍋で格闘しただろう義母が、息も絶え絶えに呻く。刺さった髪はその体にずぶずぶと埋まろうとしていて、僕は意志をはらんだそれを手あたり次第に引っこ抜く。尚も力を持って蠢《うごめ》くそれはもうこうするしかなかった。

「彩加——ごめんなぁ」いつも明るかった彩加の笑い顔が脳裏をよぎり涙があふれるが、手の中で黒い針の束となった彩加の魂を、僕はありったけの力でへし折った。残ったのは、義母の呻き声と無残な市松人形の亡骸だけだった。

このとき以来、僕は正真正銘の寡夫になった。彩加のいなくなった毎日は平穏で、けれども時折ものすごく寂しくもあった。

朝は変わらず祥太を義母に預けに行く。体中にできた刺し傷は大分良くなったようで安心する。そしてその朝、祥太を抱きあげた義母は僕に言った。

「そうそう久志くん、課長さん、今日もまたあなたに残業させる気よ」

と、義母の髪に手を伸ばした祥太が「マーマ、マーマ」と呼んだ。

君島くん

澤村伊智

小学五年の昌輝《まさき》は放課後、先生に頼まれ、同じクラスの君島省吾《きみしましょうご》くんの家に、プリントを届けることになった。

君島くんは一学期の始業式から今日に至るまで、一度も登校していない。先生からは「身体が弱いから」と聞いていた。

「宮本《みやもと》、急に引っ越したろ。あいつ一番近所だから、ずっと頼んでたんだけど。で、二番目に近いお前にバトンタッチ」

「毎日でなくていい。週に一度、原則は金曜。金曜が祝日の場合は木曜。木曜も休みの場合は水曜、以下略。そんな感じだ」

自分が命じられた理由は呑み込めた。スケジュールとしても楽だった。煩わしさも、遊ぶ時間を削られる心配もない。そもそも先生は怒るととても怖いから、逆らう気にはなれない。

そう思って昌輝は引き受けた。だが。

君島くんの家は遠かった。本当に校区内なのかと思うほどの町外れにあった。山の麓《ふもと》に建っているせいか、辺りは酷く薄暗い。赤茶の瓦は所々外れていて、汚れた壁の半分は痩せ蔦《つた》で覆われている。錆《さ》びた門扉の隙間から覗《のぞ》く庭は荒れ放題で、色あせたネズミやアヒルやクマの人形が、ぼうぼうの草の間に、斜めに突き刺さっていた。

「家の前に着いたら読むように」と先生から渡されたメモを読んで、昌輝は首を傾げた。しばらく迷ったが結局、書かれたとおりに行動することにした。

〈①チャイムを鳴らさず、そのまま門を抜け、玄関ドアを開けて入ること。ドアは開けたら必ず閉めること〉

門扉は少し開けただけで激しく軋《きし》んだ。

玄関ドアまでの飛び石はことごとく割れ、酷く歩きにくかった。

ドアを開けると、埃《ほこり》だらけの三和土《たたき》と、蜘蛛の巣だらけの暗い廊下が見えた。ドアを閉めると、澱《よど》んだ空気が全身に纏わり付く。

昌輝は早くも帰りたくなっていた。

〈②プリントを廊下に両手で、音を立てずに置くこと〉

先生から受け取ったのは、やけに分厚い、A４サイズの真っ黒なプラスチックケースだった。真ん中に白い修正液で「㋖」と書かれ、薄く透明なテープで厳重に封がしてあった。

受け取った時から妙だと思っていた。今は不安で一杯だった。ケースを持つ手が小さく震え、カタカタと硬い音が鳴る。それがいっそう不安を掻き立てた。

昌輝は床にそっと、両手で「プリント」を置いた。

〈③廊下の奥に向かって「キミシマさん、キミシマさん、お受け取り下さい」と、挨拶するくらいの声で二回呼びかけること。返事がなくても気にしないこと〉

書いてあるとおりに声をかけた。

何度もつっかえたが、どうにか二度繰り返す。

返事はなかった。

〈④決して振り返らず、急いで家を出ること〉

踵《きびす》を返し、ドアを開けようとした途端、背後が慌ただしくなった。気配を感じた。

どんどん、ぎしぎし、と音が近付いてくる。

ぺちゃくちゃと話し合うような声も聞こえる。

だが何を言っているのかは分からない。

〈④決して振り返らず、急いで家を出ること〉

ドアは開かなかった。

音はますます迫ってくる。

呼吸が乱れに乱れ、嗚咽が漏れている。

昌輝は泣いていた。

〈④決して振り返らず、急いで家を出ること〉

そこでやっと、それまでドアを引いてばかりいたことに気付く。転がるように家を出た昌輝は這《は》うように門をくぐり、逃げた。

家に帰ってメモを確認すると、最後にこんなことが書かれていた。

〈⑤ここに書かれていること、中で見聞きしたことを、誰にも言わないこと〉

昌輝はほっと胸を撫で下ろした。

疑問より「決め事を守れてよかった」という気持ちの方が、はるかに強かった。

それから毎週、昌輝は君島くんの家に「プリント」を持って行った。前の週に置いた「プリント」は、次に来た時には無くなっていた。

「プリント」を床に置いてすぐ家を出れば、音も気配もほとんど感じない。ただ物を置きに行って、ちょっと声を出すだけだ。労力としても大したことがない。昌輝はそう自分に言い聞かせて、先生からの頼み事を守り続けた。

やっぱりおかしいんじゃないか。

いや、何から何まで変だ。

そう確信できたのは六年生になってからだった。

〈⑥先生にも質問しないこと〉

ちょうどその時、母親にこう訊《たず》ねられた。

「こないだの金曜日、家とは違う方向に歩いてたけど？」

「えっとね、実は」

いい機会だ、と昌輝は説明した。とても緊張して、一言一言、口にするだけで心臓が跳ね上がった。

聞き終えた母親は言った。

「ああ、君島くんかあ」

じゃあ何の問題もないね、と合点した様子で、再びテレビに目を向ける。

訳が分からなくなって、昌輝は訊ねた。

「君島くんって？」

「母さんが小学生の頃は、四年生の担当だったよ。誰がやってたのかは知らないけど。まあ、それ知ったの大人になってからだけど」

「え……」

「お祖父ちゃんが子供の頃にね、一時期大人の役目に変わったんだって。でもすぐ戻ったって」

「そうなんだ」

「よかったね。大役じゃん」

大抜擢《だいばってき》に乾杯、とビール缶を掲げ、美味そうに飲む。

この時間に家にいて、しかもくつろいでいる母親を見るのは久々だった。

「そっか」

昌輝はそれ以上、何も言えなかった。

いよいよ怖くなったのはその週の、金曜の放課後だった。いつものように放課後、先生から君島くん宛の「プリント」を受け取り、学校を出た直後のことだ。

人に言ってしまった。

決め事の⑤を破ってしまった。

行くのが怖い。かと言って行かなければ、届けなければどうなるか。

先生の怒った顔が頭に浮かんだ。クラスで怒鳴り声を上げる姿も。母親の笑顔も。

君島くんの家の前に着いた頃には、辺りは真っ赤に染まっていた。

トイレに行きたいのを堪《こら》えながら、昌輝は塀の前をうろうろしていた。

そこへ通りかかったのは、同じクラスで仲のいい、宗佑《そうすけ》と健二《けんじ》だった。

健二が訊ねた。

「どうした昌輝」

「いや……実はさ」

「おい」遮るように宗佑が声を上げ、健二に言った。「この流れ、前にもあったぞ」

「うわ、そうだわ」

健二が険しい表情で言う。

「あの、健二、前にもって……」

「いや、五年の時なんだけど、宮本にここで会ってさ。ちょうどお前みたいに、塀の前を行ったり来たりしてて、で俺が声かけて」

「そしたら宮本、『実はさ……』って何か言おうとして、でも黙っちゃって」

ぎい、と門扉が軋る音がした。

「実は何だよ？　って俺らが訊いたら」

足音が背後に迫る。

「あいつ、いきなり笑い出してさ」

ぽん、と背中に何かが触れた。

健二は宗佑と顔を見合わせて言った。

「そのままどっか行っちゃって。その次の、次の日だぜ、あいつが引っ越したの」

昌輝はゲラゲラと笑い出した。

言霊

角由紀子

それは、まだ私が将来オカルト系メディアの編集をすることになるなど夢にも思わなかった健全な頃に起きた事件だ。しかし、これほど人間の〝念〟の複雑さを痛感したこともない。念とは、思いもよらぬかたちで漏れ出てしまうものなのだ――。

　私が通っていた中学校は国立大学の附属研究機関で、先生は基本的に教育について研究する「大学職員」という位置付けだった。そのため、実験的な授業が行われることが多く、教科書に沿った授業は少なかった。他校と比べることはできないが、個性的な先生も多かった気がする。生徒は生徒で、大学生が授業を行う教育実習期間もしょっちゅうあったため、先生を見極める洞察力が培われていた。だから、工夫のない授業をする先生や、質問に対する答えが明瞭ではない先生は見下される傾向にあった。

　英語を教えていた中村《なかむら》先生は、背が低く、インド人のような目鼻立ちの濃い顔で、目は大きいながらも唇が薄かった。その唇の動かし方が特徴的で、餌を欲しがる鯉《こい》のように唇の先端が尖り、その先っぽから声を出すようなしゃべり方をする地味な男の先生だった。

　中村先生は発音が悪かった。中学一年の最初の授業で、「グリールド　フィッシュ」と言うと、すぐさま帰国子女の高橋《たかはし》君がこう言った。

「先生、違います！　Grilled fishです」

周りで失笑が起きた。

〝先生は発音が悪いんだ！　日本人の発音なんだ！　ダメな先生なんだ！〟

……と、〝先生〟と呼ばれる立場の人間を馬鹿にできるネタができたといわんばかりのイキった空気が教室に立ち込めた。

中村先生は次に「ボイルド フィッシュ」と言った。「ポテイトウ」「トメイトゥ」「ストゥロウベリー」……先生が発音するたびに生徒たちが机越しに互いに目くばせしてニヤニヤと笑った。今思い返せば標準的な英語の発音だが、その教室で響いた先生の英語は救いようもないほど滑稽で、だから口の動かし方が妙に記憶に残ってしまった。

圧倒的な敗北を喫した中村先生の名誉はその後挽回されることなく〝サボっていい授業〟という位置づけのまま一年が終わった。八割以上が文法の授業だったにもかかわらず、だ。

中学二年の時、中村先生は完全に文法担当となった。初めからそういうカリキュラムだったのか、発音を馬鹿にされたことでそうなったのかはわからないが、とにかくリスニング担当の前田《まえだ》先生と、英会話担当のデイビッド先生がよその国立学校からやってきた。

四十代前半だったと思う。前田先生は日本人にしては背が高く、大きな体をしていてスーツがよく似合っていた。徳がありそうな肉付きの良い顔で、ほどよく日に焼けており、いかにも海外の広々とした土地で優雅にゴルフやテニスをしていそうな雰囲気があった。発音はネイティブレベルで、前田先生が廊下でデイビッド先生と英語で会話をしていると「ウォール街の風が吹いているね」なんて生徒たちで話した。ちんけな中村先生とは違って、尊敬されていたのだ。

授業も優雅だった。アメリカの映画を観ながら英語を聴きとったり、洋楽を聴いたり、英詩の朗読があったり。一年を通じてあらゆる作品に触れたと思う。

しかし、最も印象に残っているのは、ビートルズの『レット・イット・ビー』を聴いてリスニングの穴埋めをする授業だった。ビートルズは知っていたけど、レット・イット・ビーが歴史的名曲であることに気づけたのはこの時が初めてで、「いい曲だなあ」と感動したのを覚えている。

穴埋めの答え合わせが終わると、先生は黒板に大きく、乱暴に、力強く字を書いた。

「Wisdom＝叡智《えいち》」

そしてこう言った。

「私が大好きな言葉、叡智。人生で一番大切なのは叡智なんだ。ぜひ今日は、WisdomとLet It Be（ありのまま）という言葉を覚えてほしい」

この授業は妙に心に残った。他の授業が霞むほどに熱のこもった時間だったのかもしれない。

三年になると、中村の文法の授業だけに戻り、つまらない英語の授業が続いたある時、男子生徒が言った。

「前田の授業はよかったよな。楽しかったし。ウィズダムエイチ。これだけは忘れない自信がある」

私は驚いた。ウィズダムエイチが心の奥まで響いたのは私だけではなかったのだ。するとほかの生徒も同じ印象を抱いていたことがわかった。「やっぱ記憶に残るよね。なんか感動的だった」と。この時から、前田先生という名前が出るとパブロフの犬のように必ず誰かが「ウィズダムエイチ！」と言うくらい同級生の間では浸透した反応となった。

前田＝ウィズダムエイチのセット呼びは中学卒業後も続き、〝いい話〟として何度も登場した。

大学二年くらいの時だった。中学の同級生から携帯電話にメールが入った。

「前田先生が学校を辞めさせられた！」

「視聴覚室で、エロビデオを昼間から大音量で見てたらしい」

「しかも違法モノで児童ポルノだったらしい」

これは、私も私の周りも、全員が直感的に思ったことだった。

「叡智＝エイチ＝H！」

前田の言葉があそこまで皆の心に響いたのは深層心理から出た「あるがままに《Let It Be》H」というメッセージが込められていたからに違いないのだ。

人の欲望や念が本人の意図とは別に、こういうかたちで漏れ伝わり、未来を予言しているケースがほかにもあると思うと恐ろしい。なにせ、今となってはジョン・レノン＝ウィズダムエイチ＝前田＝児童ポルノという順で記憶が結びついてしまっているのだ、前田の罪は重い。そして同時に、この事件によって中村先生の評価が一八〇度変わったことも恐ろしい。

「やっぱ、真面目な中村はいいよね。あいつ、生徒から無視されても真面目に授業して、今考えると本当にいい先生だよ」

かくして私の通っていた中学の同級生は皆、陰極まれば陽に転ずるという東洋思想を英語教師たちから学んだのだった。

楊貴妃

原昌和

昔、住み込みで働かないか？　と言われていったところが、いくつかの隣接したアパートを会社で借りて、そこで働いている人達が集団生活をしているところだった。

後から知るんだけど、キリスト教系の宗教団体の組織だったんだよね。

食堂として使われている部屋があったりして、食事を作るお母さん代わりの女の人がいて、金曜日はカレーの日だったりして、みんな家族のように賑《にぎ》やかに暮らしていた。

みんな、俺を快く迎え入れてくれて、その日から三十歳くらいで、面倒見の良い兄貴肌の「さっさん」っていう人の部屋を間借りすることになった。

夕食後、さっさんの部屋（今日からの新居）で飲もうよって、何人か集まって歓迎会をしてくれる事になった。

玄関を入ろうとすると、開けたドアに立てかけるみたいに向こう側から盛り塩がしてあった。

「何これ気持ちわりー」って言うと「入ってきちゃうんだよ。楊貴妃が」って言った。

楊貴妃って何？　って言うと「あの中国の楊貴妃。知らない？　絶世の美女の」

「それは知ってるけど、その楊貴妃は死んでるでしょ？」って言ったら「うん死んでるよ。死んでるから何処でも来れるんだよ」と言った。

同じアパートのやつが、代わる代わる新入りになった俺の顔を見に、部屋に挨拶に来てくれた。

おしっこがしたくなったので、玄関横にあるトイレに行った。

入ったら、窓枠に摺《す》り切り一杯、漆喰《しっくい》を塗り固めるかのように盛り塩がしてあった。

「なんだよここもかよー気持ち悪」って思った。

その窓は磨《す》りガラスで、上に蝶番《ちょうつがい》があるタイプの、押すと前に少しだけ開くタイプで、換気のために少し開いていた。

用を足していると、その磨りガラス越しに、また新しく人が玄関に来るのが見えた。

その人は、玄関にそのまま入るのではなく、おどけているのか、トイレの磨りガラスの前に顔を近づけて来たので、「あ、入ってますよー」と声をかけた。

「すぐに戻るので先に中に入ってて下さーい」と言ったら、その人は更にふざけて磨りガラスに顔を近づけて来たので「入ってるってば〜!」って言った。

そしたらその人、磨りガラスに顔を擦り付けながら、ゆっくりと左右に揺れだした。

しつこいなーと思って見ていると、その揺れ幅が段々大きくなっていった。

とうとう、その窓の少し開いているところから姿が見えるであろうほど、揺れ幅が大きくなったのだが、何故かその開いているところからはその人の姿は見えず、磨りガラス越しにだけ、その姿が見える事に気付いた。

「人間じゃないんだコレ」と思って、トイレを飛び出した。

戻って「何あれ！」って言ったら「それが楊貴妃。お塩盛ってないとアレが入って来ちゃうの」

あんなもん楊貴妃なもんか。

俺はこの先どうなっちまうんだろう。

不安でいっぱいになった。

家族の残像

岩井志麻子

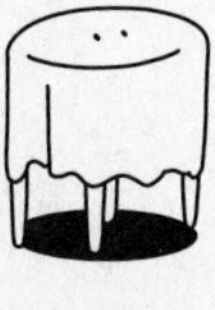

最初から、私には父がいなかった。これからも。なのに、途中から生きた幽霊のように現れた父は、私を暗い所に連れ去ろうとしている。

これも最初から、母は美しく賢く優しかった。なのに、私を置いて暗い所に消え去ろうとしている。

――物心ついた頃から、父の写真は一枚もなかった。名前すら、教えてもらえなかった。今は、顔も名前も知っている。ネットで検索すれば、すぐ出てくる。

母方の祖父母や親戚には可愛がられたけれど、父方の親戚には一度も会ったことがない。

「あなたが赤ちゃんのとき遠くに行って、それっきり誰もその後を知らない」

父を知る母方の人達は、それしかいわなかった。平穏に収まっているものをひっくり返し、ぶち壊す意味も成果もない、とわかっていたから、私は父について聞かなかった。

母は父と離婚して実家に戻ったが、私が私立中学に合格したのを機に、二人で都会に出た。母は今の会社に入ってから頭角を現し、管理職にまでなった。だから私は父がいなくても、生活に不自由したこともないし、つらい思いをしたこともない。

「それまでは普通のおっとりお嬢さんだったのよ、ママも」

成人式を迎えた後、ついに淡々と母が父について教えてくれたときは、衝撃的なのにいろいろとすんなり腑《ふ》に落ちた。

母は就職してすぐ、妻子のあった上司、つまり私の父と関係ができた。父はそのときの妻とも職場恋愛で結ばれ、その前の妻も同じだった。部下の女子社員に手を付けては結婚し、また違う部下とできて再婚、というのを父は繰り返していたのだ。

母は猛反対を押し切って、父と結婚した。激怒していた親も、生まれてきた私を見れば許すしかなくなった。ところが父は私が二歳になる頃、とんでもない行動に出る。やはり会社の受付嬢と不倫関係になり、揃って会社を辞め、駆け落ちしてしまうのだ。

当時はまだ携帯電話もパソコンも一般的でなく、父の行方《ゆくえ》は追えなかった。そして二人の逃避行が一か月を過ぎた頃、父はさらにとんでもないことをした。

いつのまにか日本の最南端の島に渡っていた二人の間に、どのような修羅場があったのか。殺害に至ったのは衝動的だったのか、元から父にはそのつもりの旅だったのか。

いずれにしても、父は彼女を絞め殺した。風光明媚《めいび》な、としかいいようがない美しい浜辺に浅く埋められていた女性の遺体は、現地の人に見つけられた。真っ黒に腐敗した顔と手が、砂から突き出していた。見つけた人も、最初は人間だとわからなかったという。

腐った流木に見えたその女性には捜索願いが出ていて、父と駆け落ちした受付嬢だとすぐ判明する。だが、父はすでに消えていた。警察は重要参考人として父の行方を追ったが、島の中では見つけられなかった。

そして一週間くらい後に、父はかつての勤め先である会社に電話をかけてきた。

「後悔はしていないが、捕まるのは嫌だ。逃げられる所まで、とことん逃げてやる」

そんな挑戦的というのか、開き直った口調だった。そのときの父は会社にしか電話をしておらず、親にも妻にも前妻にもその前の妻にも、何の連絡もしてこなかった。

母に聞かされてからは、自分でもネットで検索し、さらなる事実も知った。初めて、父の顔も見た。私にとって唯一の父の顔写真は、古い指名手配写真だ。

実に父は、三十年近く逃亡を続けているのだ。今も当て所なく彷徨《さまよ》っているのか、ひっそりとどこかに潜んでいるのか。生きていれば、七十を過ぎている。

前科があれば、警察で撮られた真顔の写真が使われただろう。父はそれまで女関係は派手でも、その他は普通の会社員だった。指名手配に使われたのも、微笑《ほほえ》んでいるスナップ写真だ。何も知らずに見れば、優しそうなおじさんだと感じてしまうだろう。

私は記憶にないが、事件が発覚したときは全国ニュースでもかなり流れ、ワイドショーや週刊誌でもおどろおどろしくスキャンダラスに報道された。

母は、行方不明者として父との離婚を一方的に成立させた。知り合いのいない都会に引っ越してからは、完全に父とのつながりは消せたのだ。

今現在、父の事件は簡単に検索できるし指名手配者リストにも載っているが、母のことは「三番目の妻にも子どもがあり」としか出てこない。

「ひどい男だけど、あなたを授けてくれたお父さんだしね。でも、あなたにはもう一生関係ない人よ。あなたからしゃべらない限り、今後も無関係で通せるはずだから」

私が第三者から嫌な形で父について聞かされたり、ネットで誹謗《ひぼう》中傷や根も葉もない噂を知ってショックを受けるのは可哀想だから、事実だけを語るわ、といわれた。

「あなたにとっては腹違いの兄姉もいるけど、こちらも生涯、会うことはない人達よ」

父の顔と名前は知ってしまったけれど、腹違いの兄姉なんて何もかもわからない。会いたくもないけれど、父についての記憶はあるんだろうなと思えば、妙に心はざわつく。

それでつい検索してしまい、動画サイトで昔のワイドショーの嫌な映像も見てしまった。

父の、おそらく最後の愛人だった女性。父に殺された愛人。彼女の遺体の画像だ。

もちろんモザイク処理されていたが、砂浜からにょっきりと顔と手が突き出しているのだ、本当に。モザイク越しでも、真っ黒に腐敗しているのはわかった。潮風に混ざった死臭、腐敗臭が漂ってきそうな生々しさがあった。

これはかなり、強烈だった。ぱっと見は、人間のそれとは思えない。砂浜が真っ白というより純白、空と海が真っ青というより紺碧《こんぺき》で、その鮮やかな美しすぎる景色を背景にした遺体の一部は、ものすごい異物感、嫌な存在感があった。

画面のどこにも、父はいない。しかし不在の父の影が、私にだけはくっきりと見えた。

「岩の上に、二人で泊まっていた旅館の浴衣《ゆかた》が広げてあり、それを見つけた地元の人が妙な予感がして砂浜に降りて行き、遺体を発見したのです」

まくし立てるリポーターの声も耳にこびりつき、本物の映像ではない再現フィルムも脳裏に焼きつけられた。もはや、直《じか》に目《ま》の当たりにした景色として刻まれている。

その後の父は、事件から数年くらいはまるで生きた幽霊のように各地に現れていたようだ。都内で見かけた、東北の街で似た人とすれ違った、中国地方の小さな町に隠れ住んでいると噂で聞いた、今もあの島に潜んでいる、などなど。

母も何度か、その後も警察から事情聴取はされたそうだ。元夫から、連絡はないかと。

「ないです。本当に、何もない」

さらに父は何年にもわたり、頻繁にではないが親しかった会社関係者や、行きつけだった飲食店、旧友などに電話をかけてきたらしい。

しかし、母や前の妻達、その子ども達や親族などの前にはまったく姿も現さず、いっさい連絡もしてこなかった。巻き込みたくなかったのか、その人達に通報されるのを恐れたのか。

そうしてあるときから、ぷっつり連絡も目撃情報も途絶えた。

「たぶん、ううん、きっともう死んでる」

身元不明者、無縁仏としてひっそり共同墓地に葬られているか、誰にも見つからない所で朽ち果てているかだと、母も他人事《ひとごと》のように語る。

私も、これまで一度もどの友達にも父の話をしたことはなかったし、交際した男にも語らなかった。父がいないことを、追及してくる者もいなかった。赤ちゃんのとき生き別れたといえば、そこで終了だ。

何かでたまたまネット上の父とその事件を見つけても、私と結びつけられる人などいるはずがない。あの浜辺の風と砂のように、現実ではすべてが風化しかけている。

私は母が望んだ通り、何も問題を起こさず女子大を出た後、家から通える名の知れた会社に入った。それなりに男性関係もあったが、結婚にまでは至らない。何かやっぱり、私の中に躊躇《ためら》いがある。男、結婚、家庭、子ども、というものに。

初めて母に父の話を聞かされたとき、どんな反応をしたかあまり覚えていない。ただ黙っていたような気がする。怖いのは見も知らぬ父ではなく、目の前の母だったたからだ。

　この話がかなり昔のことなのに、今もネット上では語り継がれているのは、あの強烈な画像もあるが、遺体の埋められていた場所の曰《いわ》く因縁もあった。

　風光明媚と謳《うた》われている南の島の浜辺は、弟子ヶ浜《でしがはま》という地名だ。昔、ある教祖が邪教を広めたとの罪で主要な弟子の何人かとともに、この島に流刑となった。

　教祖は息を引き取るとき、自分の着物を大きな岩の上に広げさせた。自分がここにいる目印だ、と。弟子達は教祖を囲んで泣いていたが、教祖は彼らには何も言葉をかけず、

「私の子を呼んでくれ。あの子を連れてきてくれ」

　と繰り返し、息を引き取った。遺体は弟子達によって、浜辺に埋められた。風が吹くと、腐りきった教祖の顔と手が突き出し、子どもを求めてもがき、呼んだ。

　弟子達は、なぜ私の名前を呼んでくださらぬかと泣いた。その伝承から、浜辺は弟子ヶ浜と呼ばれるようになったのだ。

　父の事件は、弟子ヶ浜交際女性殺害事件と呼ばれている。確かにいろんなものが、不気味に合致している。はたして父は、その伝承をなぞった、なぞらえたのか。たまたま、偶然、似通ってしまっただけか。これも、謎だ。

　伝承の方にも、なかなか生臭いところがある。あらゆる煩悩を断ったはずの教祖が、

我が子には未練と執着を見せたのだ。しかし教祖には妻も愛妾《あいしょう》もおらず、子どももいなかった。いいや、自分の血を引く子どもがどこかにいる、ということにしたかったのか。

本当にどこかの女に子を産ませ、その子にだけは強い想いがあったのか。

この伝承にもいろいろな解釈があるが、着物を大きな岩に広げさせたのは、天からの使者や神の迎えのためにではなく、子どもにとって父の目印になるようにしたのではないか、ともいわれている。母は、そんなことまでは語ってくれなかった。

父の事件がことさら不気味なものの枠に入れられているのは、その伝承に絡むところも大いにあるが。本来は、父が砂浜に埋められる側だろう。

「この犯人、部下にばかり手を付けてたんだよな。ある意味、彼女らはこいつの弟子なわけだろ。これまた、伝承に則《のっと》ってるな」

そんな書き込みも、ちらほらある。しかし父は、弟子達に冷たかったわけだし。弟子達も、結局はみな逃げたのだ。殺害された彼女だけが、逃避行を共にしたことになるが、彼女も父と別れて逃げようとして、殺されたのではないか。

父が埋められる側だったら、最後に弟子達に哀願しただろうか。

「私の子を呼んでくれ。あの子を連れてきてくれ」

はたして弟子である女達は、我が子を連れてくるか。母は決して、私を連れていきはしないだろう。そもそも、どの子を呼んでほしいのか。最初の妻には三人、次の妻には二人、そして三人目の妻が産んだ私。すべての子か。特別な子だけか。

私が呼ばれたら、どうしよう。

――その事件は、母と朝ご飯を食べているときテレビのニュースで知った。ここから電車で二時間くらい離れた、私達とは何の縁もない地方の事件だ。ビジネスホテルの新築工事現場で、ビニールシートに覆われた女性の遺体が見つかった。犯人はビニールシートで遺体を隠そうとしたのだろうが、顔と手足が突き出ていて、それを通りかかった人に見つけられたのだ。

建築中の建物のエントランス付近に、被害者の色鮮やかなカーディガンが広げてあり、まずはそれで通行人の足を止めさせたのだった。

顔には殴られた痕もあったが、死因は扼殺《やくさつ》。紐《ひも》などではなく、素手で首を絞められていた。だから、犯人はおそらく男だとなった。

被害者は、やや離れた場所に母親と二人暮らしをしていた、私と同世代の飲食店勤務の女性。午前二時過ぎに店を出てタクシーで帰宅したはずだが、殺害されたのは実家とは反対方向の場所だった。いつもの通勤の道とも、まったく違っていた。

ビニールシートから顔と手足が出ていたのは、殺害後にはすっぽり覆い被せられていたが、まだ被害者に息があり、必死にもがいたためではないかと推察された。

店の常連客には、母の具合が悪いからまっすぐ家に帰るといったらしい。

財布や携帯の入ったバッグは少し離れた場所で見つかり、中身はそのままだった。

つまり、金品の窃盗が目的ではなかったことになる。カーディガンは脱いだ状態だったが、その他の着衣に乱れはなかった。となれば、性的暴行目的でもないのか。

どこにでもいそうな顔と雰囲気の被害者の顔写真が出たとき、それまで無言で無表情にテレビを観ていた母が、やっぱり、とつぶやいた。

私は、確かな恐怖を感じた。何がやっぱりなの、とは聞き返せなかった。私も、何か妙な胸騒ぎを覚えていたのだ。見知らぬ被害者、であるはずの名前が出たときから。

「あなたの、お姉さんよ」

母は、冷めた目で冷めたコーヒーを飲んだ。

「二番目の奥さんの、末の子」

そのとき私は、母は父にまつわる過去をすべて切り捨てていると思っていたのは間違いだった、とも知った。ニュースで被害者の名前が出た瞬間、わかったという。

前妻は結局、離婚しても旧姓に戻さず、父の姓を意地で名乗り続けていたのだ。そう、被害者の姓は父の姓だった。

「顔が出たとき、血は争えないわと怖くなった。お父さんにそっくり」

真っ黒に腐った女の顔が浮かんだ。あれは父の愛人。姉ではないのに。

「あなたのお父さんは」

と、母はいった。いつものようにあの人、とはいわずに。

「あなたが生まれる前、五人いた子どものうち、生まれて間がない前妻の末娘を一番気にして可愛がっていて、その子のために私との再々婚を躊躇いもしていたの」

母が薄《う》っすら笑っていたのを、見なかったことにはできなかった。

会社でもそのニュースは話題になったが、もちろん私からあれは腹違いの姉だなどというわけがないし、私と結びつけられる人などいるはずもない。

本人と身内には悲劇でも、世間にとってはさほど猟奇的でも刺激的でもなかった。他の事件に埋もれ、三日もすれば関係者以外には忘れられていく、はずだった。

ただ、いくつかの週刊誌やスポーツ新聞にやや扇情的な記事にされ、ネットでもちょっと話題にはなった。姉という実感も、現実味もない姉。テレビに出た、何もかも平凡な雰囲気のちょっと昔の写真は、死の直前の本人とはかけ離れたものだった、というのだ。

勤めていたのは飲食店となっていたが実質は風俗店で、姉は毒々しい化粧に派手な格好をし、不特定多数の男と関係していたという。

スマホの履歴も男関係の激しさを証明するだけで、犯人の手がかりはなかった。一晩の客と金銭で揉《も》めて殺された、ネットではそう断言する書き込みが目立った。

母も絶対に検索や立ち読みをしていたはずだが、私達はその話題に触れなかった。

ある女性週刊誌によると、姉は母子家庭で育ち、高校までは明るい普通のお嬢さんだったのに、会社勤めを辞めて夜の仕事をするようになってからはどんどん派手になっていき、何度か離婚もしていた。子どもはみな、夫の方に取られていた。

母のために家を買いたい。それが口癖だったという姉。この母子のささやかな幸福を奪ったのは、うちの母といえばいえるのだ。当然、私のことも憎かっただろう。

顔と手足だけが出ていた遺体。まるで目印のように広げられた衣服。これは単なる偶然の一致、なのだろうか。その後、まったくといっていいほど続報はなかった。

今のところ、被害者の父親は指名手配犯といった報道は出ていないし、ネットでも見当たらない。もし父が生きているとしたら、可愛がっていた娘の死を知っただろうか。

姉を殺した犯人も、女を殺した父も見つからないまま、月日は流れた。私はたまに、嫌な夢を見る。見知らぬ父と、見知らぬ姉が出てくる。砂浜に埋められているのは姉で、真っ黒に腐っているのに私に親しげに微笑みかけてくる。

お姉さん、と呼んであげようか。でも、返事をされたら嫌だ。私は必死に、実体のない影だけの誰かを追う。追っているうちに、工事現場に出てしまう。すっぽり、シートに覆われた遺体。誰。これは姉じゃない。父が殺した女でもない。母か、私か。

姉が殺されて二年ほど経った頃、母が難病に倒れた。母は、知り合いが見舞いに来るのを嫌がった。やつれた姿を見せたくないと。だから私だけが、寄り添う。母はもしかしたら父の居場所を、いや、生死を知っているのではないかという気がした。

母の顔がどす黒くなっていき、痩せ細った手を私に突き出してくるとき、父に殺された女と、誰かに殺された見知らぬ姉を思い出す。

「お父さんは、一番可愛がっていた子を連れていってしまった」

二人きりの病床で、母はもう半分この世にいない顔をしていた。手を握ると、ひんやりしている。心なしか、どす黒い。まるで砂に埋められた、死体のように。

「でも、ママはそんなことしないからね。死ぬとき、あなたを呼びはしないわ」

窓の向こうに、ぼんやりと父の気配がある。やっぱり父はもう、死んでいる。子どもだけでなく、弟子である母も呼び寄せに来ている。

首化粧

乾緑郎

「鉄漿《おはぐろ》をつける前に、歯を綺麗にしてやるんやで」

「あい」

母君にそう言われ、お稲《いね》は生首の紫色に変色した唇を指で摘まんで捲《めく》り、手にした小楊枝で歯と歯の隙間を丁寧に掃除してやった。死ぬ時に食いしばったのか、歯の付け根からはじんわりと血が滲《にじ》んでいる。

「今日はぎょうさんあるな」

鉢巻きに襷掛《たすきが》けをした女のうちの一人が、溜息まじりに言う。

部屋の真ん中には折敷《おしき》に載った生首が、ざっと見ただけで二十ほど並んでいた。

「それだけこっちも死んどるいうことや。うちらも覚悟しとった方がええで」

生首の顔についた刀傷に、米粉を溶いたものを塗って修復していた女が、ぼそりと呟《つぶや》く。それでみんな、余計な口を利くのをやめてしまった。

籠城が始まって、もう十日以上が経っていた。

お稲はまだ十二歳で難しいことはわからないが、今、この城は一万以上の軍に囲まれており、連日、小競り合いが続いているという。援軍だけが頼みの綱だが、城を抜けた使者十名のうち半分が捕らえられ、城の外で見せしめに磔《はりつけ》にされていると聞いた。

城の中には三千ほどの人がいたが、女子供はもっとも安全な天守閣に集められ、飯炊きや怪我をした者の手当ての他、火縄銃に使う鉄砲玉を鋳る仕事や、首実検のための首化粧の作業に駆り出されていた。

「お稲、どこ行くんや」

立ち上がって部屋を出て行こうとするお稲に、母君が声を掛けてくる。

「櫛《くし》を濡らそう思うて……」

「あかんあかん。そんなんしたら祟られるで」

「でも、いつも髪を梳《す》くときは櫛を水で濡らすやないの」

「死人には死人の作法ちゅうもんがある。生きている人と同じようにしたらあかんのや」

「何で」

「昔からそう決まっとんのや。ややこしいこと聞くな」

仕方なく、お稲は自分が任された生首の前に戻る。

髻《もとどり》には、その生首が誰で、誰が討ち取ったのかが書かれた、首札《くびふだ》と呼ばれる細長い布が結びつけられていた。それを解いて、一度、髪をざんばらにし、結い直さなければならない。

首札をなくさないように、お稲はそれを自分の細い手首に結びつけ、生首の髪を梳き始めた。水で濡らさないと櫛の通りが悪く、髪の毛が引っ掛かり、ぶつぶつと抜ける。櫛の歯の間に、あっという間に髪が詰まる。

その首は、お稲とあまり年端も違わなかった。たぶん、まだ十三、四といったところだろう。

通常、論功行賞のための首実検にかけられるのは大将首や名の知れた武者の場合に限られる。こんな幼い面影を残した若武者の首が実検にかけられるのは珍しい。おそらく名家の後嗣だったのだろう。

「かわいそうになあ。痛かったやろ」

髪を梳きながら、お稲はふと情に駆られ、生首に向かって話し掛けてしまった。

最初は怖さと気持ち悪さが勝っていた首化粧の作業だったが、そのうち慣れてしまい、何も感じなくなっていた。夜は他の女たちと共に、この部屋で首と一緒に寝ているが、それも平気になっていた。

「お稲！」

隣で作業をしていた母君に怒鳴られ、お稲は、はっとして我に返った。

どんなに不憫《ふびん》に思ったとしても、首に話し掛けてはいけない決まりになっていた。返事があったら困るからだ。

敵として討ち取られた首は、深い恨みを抱いて死んでいる。面倒な作法がいろいろと決められているのは祟りを恐れているからだ。実際、首が実検に晒される場合も、検分する方は具足を身に着けて腰の刀の鯉口を切っていつでも抜けるようにし、必ず距離を取る。怨念を抱いた首が、目を見開いて宙を飛び、喰《く》らい付いてきたという逸話があるからだ。

気を取り直して、お稲は梳き終えたその若武者の髪を髷《まげ》に結い直した。

後頭部ではなく、頭頂の近くで髷にする。これは作法というよりは、運んだり実検する際に、髷を掴んで手にぶら下げやすいようにするためだ。

手首に結わえ付けていた首札を髷に結び直そうと、それを解こうとして手間取っている時、お稲の耳に、ふと微かな声が聞こえた。

「すまぬ」

お稲は若武者の首に視線を移す。

折敷の上に載っている首と、確かに一瞬、目が合った気がした。

ざわついた気分で、お稲は周囲にいる女たちを見る。いずれも黙々と首化粧を続けていた。

夜になると、壁際にずらりと並んだ生首と同じ部屋で寝ることになる。

これでも屋根のあるところで寝ている分、城内の曲輪《くるわ》で、野宿同然にごろ寝している足軽や雑兵たちに比べれば、風雨や寒さの心配をしなくて済むだけましだった。

化粧を終えた首たちは、何事もなければ早朝から実検にかけられる。

困るのは、微かに漂ってくる血の臭いなどではなく、夜半を過ぎると暗い部屋の隅から聞こえてくる啜《すす》り泣きや呻き声のうるささだった。一晩中、恨み言のようなことをぶつぶつと呟いているのが聞こえてくることもある。最初は怖くて母君の胸にしがみついて寝ていたが、これもそのうち慣れる。何か危害があるわけでもなく、誰に聞いても、そんなものは空耳だと言われるだけだった。

夜中にどうしてもおしっこを我慢できなくなり、お稲はそっと起き出した。天守の中に厠《かわや》はなく、廊下の隅に小便桶が置いてあって、男も女も小用はそこで足していた。籠城の最中だからこれは仕方がない。

お稲たちのいる部屋の下層は怪我人たちがおり、見回る必要もなく、節約のため灯明もあまり焚《た》かれていなかった。殆《ほとん》ど真っ暗な中、手探りで小便桶が置いてある場所をお稲は探す。

そのお稲の後ろから、ごろごろと何かが転がってくる音がした。

嫌な予感がしたが、尿意の方が恐怖に勝り、お稲はそちらを振り向かないようにして、急ぎ足で歩いて行く。

廊下の隅に、つんとした尿臭の漂う一角があり、そこに桶が置かれているのを見つけた。何かが転がる音は、ずっと後を付いてくる。

「うちはおしっこがしたいんや。覗くな。いやらしい」

意を決し、お稲は転がってくる何かに向かってそう小声で鋭く言い放った。固く瞼《まぶた》を閉じ、そちらを見ないようにして着物の裾を捲《まく》り上げ、桶の上に跨《また》がった。

ちょろちょろと音がして、それまで緊張していた下腹部が緩やかになる。

ほっとしたところで、急に恐ろしさが増してきた。

部屋に戻らなければならないが、そうすると、先ほど音がしていたところを引き返さなければならない。

そのまま小便桶のところで、他の誰かが小用を足しに来るのを待っていようかと思ったが、暫《しばら》くするうちに、それはそれで怖くなってきた。

お稲は、そっと廊下を戻り始める。少し離れたところに、何かが転がっているのが見えた。

思っていた通り、そこには昼に首化粧してやった若武者の首が転がっていた。

日中にお稲が話し掛けてしまったからだ。お稲が部屋を出るのを見て、それを追ってきたのだろう。

手も足もない生首だから、どうやら床を転がりながらお稲の後を付いてきたらしい。

「阿呆やなあ。せっかく化粧して髷も直したのに、台無しやないの」

横向きに廊下に転がっている若武者の生首に向かって、お稲は声を掛ける。

お稲に怒られたからか、首は小便桶のある方に後頭部を向け、横になって転がっていた。

「いきなり飛び掛かってきて噛みついたりはなしやで」

そう言いながら、恐る恐るお稲は生首の髷を掴んで持ち上げた。

暗くてよく見えないが、少なくとも動き出しそうな様子はない。

お稲は首を胸の中に抱くようにして部屋に戻る。この首が独りでに動き出したことは誰にも知られてはいけないような気がした。実検が終わった後に、恨み首として粗末な扱いを受けたりしてはかわいそうだ。

「無念やったんやな」

まるで、おままごとで稚児人形を抱いているような気分でお稲は首に話し掛ける。

「何でみんな、戦《いくさ》なんてつまらんことやりたがるんやろな。敵も味方も仲良くすればええのに」

それはいつもお稲が疑問に思っていることだった。幼いお稲には、それが不思議で仕方がない。

「明日は誰よりも早く起きて、実検が始まる前に、うちが髷と化粧を直したるからな。あんたはもう死んどるんや。諦めや」

返事はない。

部屋に戻ると、女たちは皆、深く寝入っていた。籠城が続いていて疲れているのだろう。

若武者の首を、元々置かれていた折敷の上に戻すと、お稲は手を合わせて南無南無と短く念仏を唱えた。

夜が明けるとともに誰よりも早く起き出し、約束通り、手早く若武者の首の髷と化粧を直してやった。そして男たちがやってきて、実検のために首を部屋から運び出した。

その後のことは、お稲は知らない。忙しくて気に止めている暇もなく、また新たに運び込まれた首に化粧を施したり、煮炊きや鉄砲玉の鋳造の手伝いをしなければならなかった。

ただ、実検を終えた首がどうなるのか気になって母君に聞いたところ、城内の曲輪に急拵《ごしら》えで掘られた首塚に打ち捨てられ、まとめて供養を受けるとのことだった。

籠城が二十日を過ぎても、援軍が到着する気配はなかった。

いよいよ兵糧も尽き始め、疲労の色合いも濃くなってきた頃、お稲を含む女子供は城を捨てて逃げよとの指示があった。

もう後衛の助けはいらぬということだ。いよいよ城の外に討って出るつもりなのだろう。

夜陰に乗じ、城門から梯子《はしご》を下ろして、外に逃げ出ることになった。空堀はすでに、表にいる寄せ手の人足たちの手で、半ば埋められている。

あとはもう運だった。籠城がいよいよ押し詰まった時、女子供が先に城の外に逃がされることは稀《まれ》にあるが、それをどうするかは、城を囲んでいる寄せ手の大将次第である。

温情のある相手なら見て見ぬふりをして逃がしてくれるが、場合によっては捕らえられ、城内から見える場所に見せしめに磔にされることもある。

そして、女子供が夜中に逃げ出さなければならないということは、城の中にいる者たちの無事を条件に開城する道が断たれているということだから、後者の公算が大きい。

だが、お稲はそんな事情など知らない。母君や他の女たちの様子から、それが危険なことだということだけは察した。

城を抜け出し、北へ五町ほど行ったところに川があった。土地の者しか知らない、渡しとなっている膝丈ほどの浅瀬があり、夜が明ける前にそこを渡ってしまえば、ひと先《ま》ず遠くまで逃げられそうだと大人たちは話していた。

お稲は母君の他、数人の女と一緒に、その渡しを目指していた。

「あっ」

暗闇の中、風を切る音がして、どこからか放たれた一本の矢が、母君の胸を貫いたのはその時だった。

お稲が振り向くと、少し離れた場所に、数本の松明《たいまつ》の明かりが見えた。

どうやら寄せ手の本陣を離れてこの辺りを見回っている者がいたらしい。

お稲は倒れたまま動かなくなった母君に寄り添い、泣き喚《わめ》く。その間に、他の女たちは散り散りに逃げてしまった。

松明がどんどん近づいてくる。

そして人影がはっきりと見えてきた。そしてお稲を見下ろして言葉を交わす。

「矢が当たったのは母親か」

「どうする？」

「他にも何人かいた筈《はず》だ。この小娘は俺が連れて行くから、お前たちは残りの女を追え」

数人いたうちの一人がそう言うと、他の連中は、女たちが逃げて行った方向に走り去った。

「子供は串刺しにして晒せとの下知だ」

残った一人がそう言い、泣きながら見上げているお稲の腕を掴んで立ち上がらせようとする。

その時、暗闇を何かが飛んできて、男の腕に喰らい付くのが見えた。

「なっ」

男が手にしていた松明を取り落とす。

その炎の明かりで、確かにお稲はその光景を見た。

目玉は腐り落ちて眼窩《がんか》は虚ろになっており、顔じゅうを白い蛆《うじ》が這っていたが、それはお稲が首化粧を施してやった、あの若武者の首だった。

首塚から、ごろごろと転がって、城を出たお稲を追ってきたのか。

一瞬、そう感じたが、深く考えている暇はなかった。

腕に喰らい付いた首を、叫び声を上げながら振り払おうとしている男に背を向け、お稲は走り出した。

その翌日、城は落ちた。

無事に逃げおおせたお稲は尼寺に入り、ずいぶん後になってから城跡に供養塔を建て、その若武者の菩提《ぼだい》を弔ったという。

溺れて　シークエンスはやとも

これはYouTubeの視聴者さんから聞いた話なんですけど。

彼女、小さい頃からずっと虐待されて育った人で。両親からだけじゃなくて、お姉さんからもちょっかい出されていたみたいで、家族のことが大嫌いだったらしいんです。

家を出たい一心で勉強して、都会に就職して、やっとの思いで実家を出て。これで関わりを遠ざけられたって思った直後ですよ。実家を出てからほんの3ヶ月くらいの間に、立て続けに家族が亡くなったらしいんです。

そりゃあ驚いたらしいですけどね、でも、正直な話、「よっしゃ」って思ったって。周りの人たちからはすごく心配されたし、職場も気を使って長めの休みをくれたりしたらしいんですけど、彼女、全然落ち込んだりしなかったんですって。

それから数週間経ったある休みの日に、友人たちと連れ立ってバーベキューに行ったそうなんです。

お酒も少し入った状態だったんでしょうけどね、河辺で遊んでいるうちに、ちょっとした石につまずいたところで川の流れに足を取られちゃって。溺れたらしいんです。

僕は本人から話を聞いているので、そんな大ごとだと思わずに相槌《あいづち》をうっちゃったんですけど、意識が瞬間、途切れてしまっているくらいの溺れ方をしたらしくて。

で、そのとき、遠のきそうになる意識の中で、亡くなった家族3人の姿が見えたんですって。

本人はパニックですから、それがどういう存在なのかとか、幻覚なのかとか、そういうことには頭が回らなかったらしいんですけどね、ただ、直感的に、「こいつらのところには行きたくない」って思ったそうです。

その一心で、目の前の3人をぐーっと、川の底におしのけるようにして、もがいてもがいて、気を失うぎりぎりのところで友人に助けられたらしいんですけど。身体ごと支えられて引っ張り上げられてみたら、なんてことない浅瀬の中心に立っていたらしくって。

心配する友人たちに、足をつったとかなんとか適当なことを言って少し休んだ後、すぐに帰宅したらしいんですけどね。

「あのとき溺れたことと、家族3人の死因が全員溺死だったこと、何か関係あるんですかね」

ぼんやりと呟《つぶや》くようにそう言った彼女の表情からは、どんなことを考えているのか読み取れなかったですね。

ただ、「今でもあのひとたちのことは大嫌いです」って言っていましたね。

セールス

平山夢明

初出　『鳥肌口碑』（宝島社文庫）

……こんな譚《はなし》を聞いた。

「確かハリウッドで開発された特別酵素を使ったエステ……とかいう話でした」

なんの特徴もない単なるセールスだった。

「あの結構ですから……」

原《はら》さんは何度かそう答えたのだが、相手の男は話を止《や》めようとはしなかった。電話口の向こうでハリウッド映画に登場する女優の名前を連呼し、そしてテスト販売だからほとんど原価で提供できること、実際に本格販売となると今いっている値段の軽く十倍以上は跳ね上がっての提供になるなど……。かなり強引で空気の読めないセールストークが咲き乱れていた。

「ご希望ならすぐにでも当社で使用する無料サンプルをお持ち致し……」

「あの忙しいので……。失礼します」

業を煮やした彼女がそう呟《つぶや》くと〈ナニ?〉と聞き返された。

相手の声のトーンが変わっていた。

「それまでは男の癖に鼻にかかったような高い声を出していたんですよ。いかにも電話の向こうでも笑顔が剥き出しになっているような」

それが「ナニ?」といった途端、雰囲気が変わった。

すると彼女の困惑を見て取った恋人が受話器を渡すよう、手を伸ばした。

受話器を受け取った彼は暫《しばら》く無言で相手の言葉に耳を傾けていたが、やおら、

「勝手にかけてきて御託並べてんじゃねえ。うぜえんだよ!」と怒鳴りつけ切った。

電話が鳴った。

「いやあ、大変なことをしてくれましたね。あなた……この僕を怒らせてしまったようですよ。これは大変だ。大変なことですよ……原さん」

顔色を変えた彼女の反応に彼が受話器を取り上げると、直ちにいい合いになった。

「なんだ、こいつ。頭おかしいんじゃねえのか」

電話を切った彼の顔に焦りが浮かんでいた。

ふたりは外へ出かけることにした。

「丁度、その日はビデオを借りて一緒に見ようっていう約束だったんで……」

彼らは映画館へと足を向けた。

作品は話題のハリウッドホラー物。館内は封切りしてから時間が経っていたこともあって、客席にパラパラと人が座っている程度だったという。

映画が始まり、物語が中盤に差しかかった頃。

原さんの顔に激痛が走った。

短い悲鳴をあげて、顔を押さえた彼女を彼は怖がっているのだと錯覚した。

しかし、そのまま彼女がいつまでも顔を上げないので心配していると、出血してい

た。

すぐに館内を出て医務室に連れて行って貰《もら》ったという。

「結局、そこでは処置しきれなかったので」

救急車で病院に運ばれた。

頬と目の下の二箇所が裂けていた。

「警察の話では、エアガンのようなもので客席から撃ったんじゃないかって……」

彼女の座席付近から、周囲をギザギザに削ったプラスティック弾が見つかった。

警察は傷害事件として捜査したが、解決はされなかった。

「防犯ビデオとか、うちの電話の記録とかも調べてくれたんですけれど、公衆電話からだったみたいで……」

彼女の顔にはうっすらと縫った傷が残っている。

グレーのスエットの子

原昌和

物心つく前から十年位前まで住んでいた所が、小さな小山を取り囲む城壁のように建物を配置している自然豊かなマンションだった。その山の中にはアスレチックがあったり、マンションができる以前からある、煉瓦造りの廃墟の建物などがあったりして、そのマンションに住んでいる、仲の良い男子三人、女子二人、のグループで山の中でよく一緒に遊んでいた。

ある時、遊んでいるとグレーのスエットの上下を着ている子が、自分達と遊びたそうに遠くから見ていた。言葉を話すことができないようだったが、やがて一緒に遊ぶようになった。

でも次第にその子は、物事が自分の思い通りにいかないと、女の子に暴力を振るったりして、すごくわがままになっていった。

とうとう、その子が来るようになると、みんな嫌な顔をするようになって、ある時、鬼ごっこをしていて、その子が鬼になった時、そのまま巻いちゃおうって事になった。

その子が数を数えている間にみんな一緒に逃げた。

その子は、案の定ルールを無視して「十秒数える前」に振り向いて追って来たけど、俺達はそのまま逃げた。

俺達はいつも遊んでいる、その山の中の「獣道」みたいな、道無き道まで熟知していたので、その子を簡単に巻ける自信があった。

だけどその子は、驚くほど足が速かった。どんなに俺達が獣道を使って逃げても、その子は、大回りしているはずなのに先回りされてしまうほど速かった。

とうとう追いつかれそうになった時に、近くにあったマンションのエレベーターにみんなで飛び乗った。

「はやくはやく！」ってみんなで乗り込んだ時に、その子が遠心力で斜めになりながらエレベーターホールに飛び込んできた。

俺達はエレベーターの閉めるのボタンを必死に連打した。その子がエレベーターのドアに「バン！」と音を立てて体ごと突進した。本当にギリギリの所でドアは閉まった。

その子はそのドアのガラスに顔をへばり付けたが、俺達の乗ったエレベーターは上がっていった。

俺達は恐怖と安堵《あんど》で興奮して「お前なんか絶交だ！　二度と俺達の前に現れるなよ！」と大声で叫んだ。

その子は、空虚というか、なんとも言えない表情で俺達を見上げていた。

それ以来、思えばその子を見る事はなくなった。

そのほかの友達とも、大人になるに連れて遊ぶこともなくなって、俺が高校生になる頃にはそこにいた友達の一人の名前も覚えていないくらいだった。

その頃母親が、新聞の朝刊を配るバイトをしていたのだが、風邪を引いた時や、体の調子が優れない時なんかに、お小遣いをもらう代わりにその配達を手伝わされていた。

自分は、そのマンションに三歳から住んでいるもんだから、先述の通り、山の中のショートカットルートも完璧に頭に入っているし、入り組んだマンションの構造も理解しているので、効率よく新聞を配る事が出来たのだ。

その日も、日が昇る少し前、薄明るくなるかならないかくらいから、新聞を持って山の中の道無き道のショートカットルートの「藪の間の獣道」みたいなところを歩いていると、向こうから人が歩いて来た。

まだ暗いので、シルエットで見えるくらいなんだけど、子供のようだった。狭いので道を譲らなきゃなと、少し止まって待っていた。

その子は何かを探している様子だった。

自分にもこの山の中で宝物だったアンモナイトの化石を落としてしまった経験があったので「昼間に遊んでた時に、何か大事な物を落としてしまって、どうしても諦められなくて探してるんだろうなー」となんとなく察しが付いた。

それにしても、もう少ししたら明るくなってくるから、それから探したほうが分かりやすいだろうに。と思いながら、彼が通り過ぎるのを待っていた。

段々と近づいて来て、シルエットだけしか見えなかったその子の姿が、ハッキリと見えて来た。

近づいて来た子供は、上下グレーのスエットを着ていた。それを見た瞬間全身が総毛立ち、草薮に飛び込んで隠れた。

あの子だった、全部思い出した、あのときエレベーターの所で巻いて置いていったあの子がその時のままの姿で山の中をボーッと歩いていた。でもあからさまに大きな音を立てて藪に飛び込んだ俺の事を、あの子は全く気付いていなかった。藪に隠れる俺の前を、あの子は呆然と通り過ぎて行った。

それからしばらく俺はエレベーターに乗るのが恐ろしくて、いつも階段で家まで帰るようになった。

エレベーターに乗ってドアが閉まるまでのその瞬間、今にもエレベーターホールにあの子が駆け込んで来る気がして、恐ろしくて恐ろしくてたまらなかったから。

更に時は過ぎて、バンドを始めてツアーを回っていた頃の話なんだけど。

その時一緒に出演していたバンドの友達で「どっちゃん」っていう、ライブでは熱狂の限りを尽くす、ほとばしるような演奏をする男だが、ステージを降りると非常に温厚で誠実な紳士で、おれは一目置いていた。彼と打ち上げで隣の席になった時、その周りの数人で「怖い話」の話題になった。

俺はどっちゃんが怖い話をするイメージが全くなかったので、成り行き上「どっちゃんって何か怖い体験や不思議な物を見た事ってあるの？」と、聞いてみた。

すると、どっちゃんは「いやー俺はそういう怖い話とかはよくわからないなー。あ！　そうだ！　俺の家の近くに、自然公園みたいな小さい森みたいな公園があって、そこで『ペプシマン』見たことある！」と言った。

聞いていたみんなは「ブッ」って吹き出して笑ったんだけど、どっちゃんは「いや、これはほんとなんだって！　ペプシマンっていっても、ペプシのロゴとか柄とかは入ってないから、ただ全身銀色の『野良のペプシマン』だとは思うんだけど、そいつがその森の中を凄まじいスピードで走ってるんだよ。でもあまりにも速過ぎて、俺は少し離れた場所から見たから見えたけど、横すり抜けられてる奴とか、誰もその存在に気付いてないんだよ」

ふと、その話を最近思い出して、ハッとした。

「もしかして、全身グレーの服を着ていたあの子、遠くから見たらペプシマンに見えたりするのかな……」と思ったら、「足の速さ」「森の中に居る」という特徴までもが、何か一気に符合して、今更ながらにゾッとした。

あの子は、一体なんだったんだろうか。

ジンクス

林由美子

わたしには無敵のジンクスがある。

心底消えてほしいと思うと、相手が勝手に消えてくれるのだ。

思い返してみれば、まずは小学校二年生のときである。クラスメイトに物凄く性格の悪い西志緒利《にししおり》という子がいた。だがあの子の本性を知っているのはわたしだけで、他の皆も先生もあの子は頭が良くて活発で友達がたくさんいる子という認識だった。当時、わたしがあの子にされていた意地悪を唯一打ち明けた相手はお母さんだけだった。

「給食係で一緒になってね、豚汁の入った大きな鍋の取っ手を片方ずつ持って運んでたの。そしたら志緒利ちゃん、わざと手を離したの」豚汁でスカートを半分汚して帰った日、堪《こら》えきれず泣きながらわたしはお母さんに話した。

豚汁の入った鍋は大きな音で落下し、床一面に中身がぶちまけられた。

「どうして手を離しちゃうの？　びっくりしたあ」

こともあろうに志緒利は自分の悪事をわたしのせいにした。思わぬ攻撃にわたしが呆然としていると、男子たちが「あーあ、豚汁、山田《やまだ》のせいで食えないよ」と責め始めた。そこで志緒利が男子たちを睨みつけた。

「あんたたちには思いやりってものがないの？　山田さん、スカートに豚汁がかかってる。熱くない？　火傷してない？」

その善良な振る舞いに、クラスの男子は黙り、女子は称賛の眼差しを送った。

「ひどい……そんな悪さをする子がいるの……」

お母さんの悲しそうな顔を見たのは辛かった。なにより虐げられていることを知られたくなかった。だからそれまであの子から意地悪をされても黙っていたのだ。

体育の整列の際に唐突に腕や手の甲をつねられたり、貸したハンカチは返してもらえず便器の中に落ちていた。おばあちゃんに買ってもらったお気に入りのものだった。

「あんなやつ、死ねばいいんだ」

思わずそう言ったわたしを、母は責めなかった。ただ「今週の個人懇談会で先生に相談してみるね」と慰めた。だが結果として、母がこの件を担任に話すには至らなかった。

西志緒利が、書道教室の帰路で友達と別れた後、忽然と姿を消したからだった。以来行方不明のままである。天罰がくだった。わたしはそうとしか思っていない。

次に邪魔者が消えたのは高校生の頃だった。

わたしと岩舘美香《いわだてみか》は同じ指定校推薦枠を狙っていた。受験の一発勝負を恐れたわたしは、入学当初からその枠を勝ち取るために高い評定を取り続けていた。その枠の獲得に彼女も名乗りをあげている、そんな話が耳に入ったのは高三の秋口だった。評定はわたしも彼女も同じ数字のようだったが、彼女のほうが女子バスケ部の主将経験があったので分がある、そう思えた。そのためわたしは少しでも成績を上げようと、毎日塾の自習室で自分に追い込みをかけていた。ただここでも気がかりがあり、彼女は大手予備校に通っていたが、わたしは近所の個人塾だった。塾の指導実績において、こちらでも彼女のほうが有利だ。担任からは一般入試に備えた勉強もするよう勧められていたが、わたしはとにかく推薦枠を狙うことに的を絞った。だが、中間試験の学年順位でわたしは大きく彼女に負けた。数学が決定的に伸び悩んでいた。推薦枠を諦めて、潔く気持ちを切り替える気になどなれなかった。

彼女さえ、いなかったら。この秘めた思いは、もちろんわたししか知らなかった。しかしまるで念が通じたかのように、彼女もまた消えた。彼女は自身が通う予備校の屋上から投身自殺したのだ。学校が説明会の類を開かず無言を貫いたので、彼女の自殺した理由はわからなかった。受験ノイローゼ、周りはそう噂したしわたしもそうだと思った。ともあれわたしは、希望の指定校推薦枠を勝ち取り、順風満帆な学生時代を送ったのだった。

大学を卒業したわたしは金融機関に入職した。窓口業務は性に合っていた。口座開設や各種変更手続き、はんこを忘れたばかりに手続きができない客の不平不満をいなすのは苦にならなかった。年金支給日の煩雑さも適度な刺激と感じられたし、案内した定期預金の大口が獲得できるとやりがいも感じられた。

だが四年目にして、異動した店舗で嫌な女に出会った。六歳上の窓口主任で、美人で仕事も口調もてきぱきと無駄がなく、支店長も頭が上がらない女性職員だった。

わたしは異動初日にして、相手に苦手意識を持った。

「あなたのこと覚えてるわよ。前にうちの支店に出金依頼のお客様を回してきたわよね。その件でわたしがそのお客様への連絡を有耶無耶にしたってクレームを受けたの。あなたがわたしの手落ちだと説明したそうじゃない。えらそうに」

その話は、わたしが入職したばかりの頃のトラブルだった。支店間での疎通がうまくいかず客への連絡が不十分になったもので、双方の担当がわたしたちだったが三年前についての苦言を唐突にぶつけられて、わたしは面食らった。それくらいで済めばよかったが、以降の業務中もわたしに対して当たりが強かった。確認を取った話を後になって違うと言い出したり、わたしが契約した金融商品にクーリングオフの申し出があると、ちっと舌打ちが聞こえ「忙しいのに」と嫌味が続いた。その度に皆が押し黙るのがことさら応《こた》えた。

やがてわたしは客や仕事そのものでなく、主任の目だけに細心の注意を払うようになった。誰のためのなんのための仕事なのかわからなくなっていった。

「そっちの主任さん、かなりやばいって話だよ。これまでに退職者何人も出してて、今もメンタル病んで休職してる人もいるって。山田ちゃん、大変なところに行かされたよねえ」

他店の同期からそう聞かされて、暗澹たる思いになった。

帰宅後毎日のように愚痴をこぼすわたしに、お母さんは「どこにでもお局って人はいるものだからね。適当に合わせておけばいいのよ」と励ましたが、当事者でなければこの憂鬱はわからないに違いなかった。

いっそもう転職でもしようか。そんなことが頭を過《よぎ》り始めた頃だった。

「すみません、ＡＴＭのところにはんこを忘れてなかったですかね」

窓口のわたしにそう尋ねたのは、機器の保守運営で出入りしているシステム会社の男性だった。背が高く低く穏やかな声の人で、たぶん同世代だ。

ＡＴＭをチェックしたときに、確かにひとつはんこの忘れ物があったので、わたしはそれを「本瀬《もとせ》さんですよね」と差し出した。

「そうです、本瀬です」彼は礼を言うと、わたしにこっそりとチョコレートの小袋を渡してきた。外装には『ストレスと戦う現代人に！　ＧＡＢＡ配合』とある。

「ストレスすごそうだから」

彼はほんの少しふざけた口ぶりで言ったが、わたしは普段の様子を知られているのが恥ずかしかった。「お気遣い……ありがとうございます」

「いや、あの主任さんに渡してあげて」

その冗談にわたしはつい笑ってしまった。

けれどもその翌日に起きたことは決して笑えなかった。主任は退勤後の帰り道で何者かに襲われて帰らぬ人になったからだ。

喜ぶのは気が引けたが、心から安堵《あんど》したのは確かだった。


この無敵のジンクスを以《も》ってすれば、今後の人生になんら恐れるものはない。

引っ込み思案なわたしだったが臆せずに物を言えるようになり、そのぶん冗談も面白くなったのだろうか。気づけば人から「面白い」と言われ、新規の契約が増え、支店長から「うちの看板娘」と持ち上げられたりもした。

本瀬浩也《ひろや》にチョコレートのお返しにと、パックの豆乳を渡せる大胆さも身についていた。

「物忘れにいいらしいですよ。忘れ物をしないようにね」

定期点検に来た彼は驚いた顔をしたが、笑ってくれたのでうれしかった。

そして次に彼と顔を合わせたとき、彼はビタミンドリンクをわたしに差し入れた。

「お肌にいいそうです」

「ええとそれは、わたしの肌が荒れてるという意味ですか」

「いや……より一層きれいになれるようにって意味です」

照れくさそうに冗談を言った彼をかわいいと思った。

「だったら、今度の日曜日に岩盤浴に行きませんか？　一度行ってみたいんです」

そこから交際に発展するまでは二週間ほどだった。日曜日の岩盤浴に始まり、食事に行ったり映画を見たりした。港の見える観覧車の中で「僕とつきあってください」と告白されたときは、ドラマの主人公になった気がした。彼から部屋の鍵を渡され、半同棲になるまで時間はかからなかった。

浩也はわたしにとって初めての男だった。揃いのマグカップを使い、二人で食品の買い出しに出かけ、わたしの作った料理を「うまい」と平らげる姿。狭いベッドで身を寄せて眠ることも仕事中の目配せも、彼との間のひとつひとつ何もかもが幸せをかたどっていた。

わたしは浩也に夢中で、ずっと一緒にいたいと思うようになっていた。

だがそこで思い至った。わたしは無敵なのである。つまり浩也と何か揉めるような状況が生まれたなら彼はどうなってしまうのだろう。

書道教室の帰り道に行方不明になったクラスメイト、同じ指定校推薦枠を目指したあの子、そして勤め先の主任。彼女たちの末路が脳裏を過ると、わたしは恐ろしくなった。

　無敵のはずが、浩也を失う恐れが絶対的につきまとうのだ。

　わたしは首を振ってその考えを打ち消した。大丈夫だ。浩也の欠点さえ、わたしは愛することができるだろう。現に彼が服や靴下を脱いだまま放置していても、その子供っぽさすら愛しいのである。食べるだけ食べて、片付けも気にせずひっくり返って眠ってしまった姿にも、疲れているのだと理解を示せた。

　けれどもある日、唐突にわたしの中にざらざらとした感情が生まれた。

　その週、わたしは残業続きのうえ生理中だった。疲れて浩也の部屋に帰ると、彼は食事も取らずわたしを待っていた。正しくは食事を用意してくれるわたしを待っていたのだ。

「おっそいなあ。腹減って死にそうだよ」

　不機嫌な彼にわたしは「ごめんごめん」と、冷凍ご飯でチャーハンを作り、豚肉と野菜を炒めた。冷蔵庫の中に酢豚のチルド食品が入っていた。これで先に済ますなり、残業後のわたしに用意しておくという発想を持たなかった彼がひどく無情に思えた。

　その後、彼は片付けなど我関せず風呂を済ませベッドに入り、わたしが就寝する頃には大の字になって寝息をたてていた。狭いベッドなので、わたしは彼をそっと押すように身を横たえる。すると浩也は煩わしそうな唸り声をあげてわたしに背を向けた。

生理中のわたしには興味がないのだ——そう直感した。このざらついた感情を、わたしは絶対に認めたくなかった。なぜなら彼の寝顔がやはり愛しいのだ。

だから彼がこの世から消えてしまわぬよう、わたしは彼の部屋に泊まる頻度を少なくし始めた。それは正解だった。彼からとりとめのないメールが頻繁にくる。出会った頃に戻ったみたいだ。仕事中に目を合わせないようにもした。これは新しい主任から「お熱いのは結構だけど客商売だからほどほどにね」とやんわり注意を受けたせいでもあった。

「なんだか最近冷たくない？」

浩也はしばしばふくれっ面を見せた。

「何かで怒らせたなら謝るから機嫌直してよ」と、後ろ手に隠していた小さな紙袋をわたしに手渡した。それはVの字にダイヤがついたネックレスだった。以前ネットで見かけて、わたしが素敵だと言ったものだ。興味なさげに聞いていた彼だったがそれを覚えていたのだ。そしておそらく給料一か月分にはなるこれを買い求めたのだ。

「うれしい」喜びを表すのにこんな拙い言葉しか出てこないのがもどかしかった。けれども夢見心地はどれだけも続かなかった。

配置換えで彼はわたしの店舗の担当ではなくなった——そう浩也から聞いていた。だがほどなく新しい担当者から、彼が実は派遣社員で契約満了にて退社したのだと知らされた。

わたしは浩也に嘘をつかれていたのだ。しかし彼にこのことを正面から突きつける勇気が出なかった。もし言い争いになったらどうなるか。単に彼は体面を気にして派遣社員だと言い出せなかったんだと、自分に言い聞かせたわたしは騙されているふりを続けた。

それがいけなかったのだろうか。浩也から金を貸してほしいと頼まれた。それは数千円だったり三十万円といった場合もあった。「株の信用取引で追証がきちゃってさ、ボーナスで返すから頼む！」と、悪びれない相手がどこまで本当の話をしているのかはわからなかった。ただわたしは困った顔をしつつも都度言われた金額を工面した。

わたしの口座の数字はみるみる減っていき、やがて彼は無職を隠さなくなった。仕事を終えたわたしが彼の部屋に行くと、テーブルの上にはカップラーメンの食べ残しがそのままで、彼はスマホ片手に居眠りしていた。ラーメンのスープにコバエの死骸が浮かんでいる。わたしはそこから目を背け、黙って部屋を後にした。

いったいどうしちゃったの？　そんな責め文句ですら彼に向けられない。争ってこの感情を決定的にしてしまえば、彼が無残にいなくなってしまうかもしれないのだ。

浩也が落ち着くまで少し距離を置こう。わたしは彼と連絡を取らない日を増やしていった。一週間も顔が見られないと恋しくなる。彼も同じでいてほしかった。

会えない日を指折り数え、わたしは九日ぶりに彼の部屋へ行った。室内が片付いていて、それだけでわたしはほっとした。洗濯物もためておらず、冷蔵庫の中にもそれなりに物が入っている。と、わたしは庫内の一角に目を止めた。ストロベリー味のクリームチーズがあった。封が切ってある。浩也がそれを好むとは思えず、わたしはベッドの布団をめくった。長い髪の一本でも落ちているのではと、反射的に考えてしまったのだ。

「なにやってんの」浩也は苦笑している。シーツの上には浩也のものだろう短めの黒髪が一本あるだけだった。

取り越し苦労と安堵する半面、湧いてしまった疑念は拭えず、わたしは浴室の戸を開けると排水口を覗き込んだ。そこに絡まった髪の毛は汚かった。わたしのものではない長い茶色く透ける髪と、わたしを裏切った男のものだったからだ。

限界だった。

「さよなら」わたしはそれだけを浩也に告げた。問い質《ただ》して争い、彼に対して失望以上の感情を持ってしまうのをなにがなんでも避けたかった。どうであれわたしは、彼に生きていてほしいのだ。

この期に及んでそう思ってしまう自分にうんざりし、かき消したくなる。

そのときだった――彼が悲壮な怒鳴り声をあげた。

「さようならだって？　なんで何も聞かないんだ？　おれは利江子《りえこ》にとってその程度の存在なのか！」

わたしはそれを振り切るように部屋を出ようとしたが、唐突に浩也はわたしの首を両手で絞めた。一切の手加減がない力は圧倒的で、痛くて苦しくて朦朧《もうろう》とする眼前では浩也が泣いている。

わたしが見た浩也の最後の姿だった。


好きになった相手に振り向いてもらえないと、ぼくは相手を殺してしまう。

幼稚園で飼っていたハムスターが最初で、叔母の書道教室に通っていたあの子に振られて、池に突き落としたときの細い背中の感触は未だ手に残っている。予備校で階下の現役生クラスだった彼女にはストーカー扱いされ、逃げる彼女を屋上へ追い詰めたときの冷たい風も覚えている。通帳の印鑑がわからなくなって嫌な顔ひとつせず照合につきあってくれた窓口主任のあの人には、何を差し入れしても受け取ってもらえなかった。だから利江子づてであの人にチョコレートを渡せたときはうれしかった。けれども帰り道に待ち伏せるぼくの存在をあの人は喜んでくれなかった。「いい加減にしないと警察に通報しますよ」冷たく言い放ったあの人を夜の住宅街で後ろから襲った。通りすがりの家の玄関先にあった植木鉢が目に入ったのだ。

ぼくはいま、首に絞め痕をつけて絶命した愛する人を抱きかかえていた。

当初は彼女に大した好意がなかったからつきあい始めた。彼女はぼくがどんなであっても何も言わなかった。黙ってぼくの傍にい続ける彼女の寛容さにぼくは次第に安らぎと、不安を覚えていった。彼女を好きにならないよう突き放す思いと相反して、気を引こうと怒らせようとプレゼントを贈ったり金の無心もすれば浮気さえしてみせた。結果、彼女は怒りもせずぼくから遠ざかってゆく。悲しかった。ぼくのことなどさして想ってはいないとわかってしまったからだ。ぼくは強く強く彼女を抱きしめた。

こうなって初めて、彼女への深い気持ちに気づいたのだ。

笑気麻酔

角由紀子

これは数カ月前の話だ。

私は痛みに強いタイプだが、歯科治療のため麻酔の中でも少し大げさな〝笑気麻酔〟を受けることにした。

笑気ガスには、一種の危険ドラッグ効果があり、世界中の若者が乱用してきたという歴史がある。無謀な吸い方をして死んだ者も多く、日本では二〇一六年に指定薬物の仲間入りを果たし、医療用目的以外の使用は禁じられている。

合法的にドラッグ効果を得られるチャンスは日々オカルトの仕事をしている私にとっては絶対に逃せない重要案件だ。以前も笑気麻酔で幻聴を聞いたことがあったので、機会があればもう一度やってみたいと思っていた。

診察室に置かれたシンプルな時計は十一時四十五分を指していた。白すぎる壁に囲まれた治療室に、四十代半ばの少し髪の毛を茶色に染めた男の歯科医がいた。肌の色は黒く、週末は焼いているようだ。ふと、知人を思い出した。偏差値が低すぎて親が金を積んでも現役で歯科大に入れず、一浪して更に金を積んで歯科医になった男だ。現在も馬鹿なままだが、とにかく金持ちなので地方で珍しい最新機器を揃え、できる限り器械に任せて適当に診療しているらしい。

目の前にいる歯科医が知人と同じチャラ男の部類なのは間違いないと直感し、胸が躍った。患者のことを何も考えずに要望をそのまま実行してくれる医師の方がありがたいからだ。

「痛みに弱いので、笑気麻酔を受けたいです」震えた声で告げると、医師は答えた。

「笑気麻酔をされたことはありますか？　頭がボーッとするので、まれに〝怖い〟と言う方がいらっしゃるんです」

「はい、歯医者では毎回笑気麻酔を受けています。効きが弱い方で、痛みがあると思うと怖くて……」

「わかりました。しっかり効く量を調整します」

単純な自己申告であっさりと〝濃い目〟を要求できた。あとはスーハーするだけだ。看護師が私の鼻にチューブを入れ、ガスを送り込み始めると、やけに凝っている肩をゆっくり回しながら目をつぶり、鼻呼吸に集中した。次第に頭がボーッとして、意識が遠のいていく。


気が付くと、家の玄関からリビングに入るところだった。夫に「ただいま」と言って、携帯で時計を確認する。

「十三時十五分。病院にいたのは四十分間くらいなのかな……」そう呟《つぶや》きながらホッと安堵した。

次の瞬間、強い白い光が頭全体に広がり、診療台に横たわる自分を見るもう一人の自分の視点に切り替わった。

そこからは怒涛の展開だ。自分の歯科治療の全工程映像を十倍速くらいの早送りで繰り返し見させられたかと思うと、突然巻き戻ったり、スローモーションで再生されたりする。それが何度も何度もランダムに繰り返され、時折、歯科治療が終わって電車に乗り、家に帰る映像や、隣の治療室で他人が診療を受けている映像も差し込まれる。

また、帰りの電車の中で肩を回しながら何度も深く深呼吸をする自分と、麻酔前に診察台の上で肩を回しながら深く深呼吸した自分が交互に映し出されもした。

「あー私が治療前に肩を回したのは、今起きているこの恐怖体験で凝った肩を回しているからだ。つまり、体のクセは未来からきたものなんだ」

妙に納得する自分がいるのだが、もはやガスの影響で見ているものが幻覚なのか、時間が無限にループする実在の異次元空間に来てしまったのか、全く区別がつかない。

これはマズい。だが、この時空から抜け出せないかもしれないという不安の最中で一つだけ気づいたことがあった。

「この事態を傍観し、不安に感じている〝上の方にいる私〟の思考だけは従来の時間と同じく一定方向に流れ、崩れていない」という揺るぎない事実である。

時空の仕組みが少し見えてきた。この〝上の方にいる私〟自身がパニックに陥ったら、無限ループから抜け出すことはできない。なぜなら笑気ガスの幻覚効果が及ばないはずの未来までが見えて体感できてしまっているのだ。このまま未来が追加されていけば、この時間ループは延び続け、永遠に抜け出すことはできない。

「冷静になって、最初に観た〝帰宅する光景〟にたどり着かねば」

そう思い、上の方にいる自分を落ち着かせようとするのだが、そうすると、治療前に医師が放った「笑気麻酔をされたことはありますか？　頭がボーッとするので、まれに〝怖い〟と言う方がいらっしゃるんです」という言葉が頭の中で流れ、時間が巻き戻ってしまう。この〝怖い〟という負の言葉が私の恐怖心を煽り、前に進もうとする自分を治療現場のループに立ち戻らせているのだ。

「クッソあの医者が〝怖い〟なんて言葉さえ言わなければ……」と強く恨んだ。チャラい医師の目の奥が冷たかったことにも気が付いた。そしてついに、笑気ガスを吸わせた憎き医師を殺害するため、ドリルを奪って医師の腹を何度も刺す未来の自分の姿まで見えてしまったのである。このままだと殺人鬼になってムショ行きだ。あるいは、歯医者を出ても、幻覚と現実の区別がつかない頭が狂った人として精神科病院で一生を終える可能性があるかもしれない。私は恐怖した。しかし、恐怖を消し去らなければならない。

「怖くない。怖くない。ネガティブな言葉はダメだ。ポジティブにならないと。ありがとう、未来。ありがとう現在、ありがとう過去、大丈夫です。大丈夫です。私は前に進みます。必ず進みます」

狂ったように無心で連呼しまくった。すると笑気麻酔を受けるためにチャラい医師に出会い、濃い目のガスを吸い、今こんな目に遭っている現実の意味がすべてわかったのだ。

「なるほど、なるほど〜。未来から原因が作られているってことですね。自分が見た未来に至るために過去の要素が蓄積されていくわけですね」

〝上の方にいる私〟はそれを確信し、時計を何度も確認しながら、思考のすべてをポジティブに変えることに集中した。

「大丈夫ですか〜？　もう終わりましたよー」

チャラい医師が私の顔の前で声をかけていた。まだ頭がボーッとしているものの、何度も見た光景がやっと〝現実〟として目の前に現れたことがわかった。四肢を動かし、呼吸を整える。奥歯を確認する。これも知っている動作だ。「はい、もう大丈夫です。ありがとうございました」先生に告げて治療室を出ると、隣の治療室の様子が見えた。看護師の顔を観たら、〝上の方の私〟が見た光景が間違いではないことがわかった。

そのまま病院を出て、電車に乗り、最寄り駅で降り、家に向かう。すべてさっき見た光景のままだった。抗おうにも同じことをしている自分がいた。ここで親指をさわる、足が震える、呼吸をする、肩を回す……すべて、すべてがさっき何度も体験したことだった。

家の前に到着し、夫に「ただいま」と言って、携帯で時計を確認する。「十三時十五分。病院にいたのは四十分間くらいなのかな……」そう呟きながらホッと安堵した。

私のこの一連の体験は、絶対的な真理に近づいたというノエシスを伴った。単なる感覚ではなく、見て知ったものだからだ。

未来とは、〝上の方にいるもう一人の自分〟が導いた瞬間に現在・過去・未来に同時に影響を及ぼすものなのだ。そして重要なことが一つ。ネガティブな言葉や思いは引きが強く、現実化しやすいという事実だ。

そして、今これを読んで「怖い」と感じているあなた。あなたはもう逃れることはできません。近い将来、私と同じ体験をして、恐怖に打ち負け、約半数は気づかぬうちに病院で一生を過ごすことになるでしょう。

メイクルーム　シークエンスはやとも

この前、テレビの撮影でついてくれたヘアメイクさんに聞いた話なんですけどね。本人が体験したのではなくて、仲の良い同業仲間の話なんですけど、って、話してくれて。

同業者の女性が仕事で撮影スタジオに着くと、指定された時間の15分前というタイミングにもかかわらず、誰ひとり居なかったらしいんですよ。

これ、結果から言うと隣のスタジオと間違えて入ってしまっていたんですけど、彼女は気付かずに仕事の準備をして待っていたんだそうです。

広いスタジオに細長いメイクルームが繋《つな》がっている間取りになっていて、一面鏡張りの壁に向かって設置されている長テーブルにメイク道具を広げて、そろそろ時間も過ぎそうだなという頃になっても当然誰も来なくって。

思い込みって、誰にでもあるものですけどね、特にそのスタジオはよく使うところだったからこそ、自分の方が間違えているなんて思わなかったらしいんですよね。

SNSなんかを見ながらスマホ片手に待機していたらしいんですけど、その間中、空調機器がおかしいときのような、

シューーーー・・シュ、シュ、、シュ・・・シューーーー

っていう音がずっと聞こえていたそうです。それほど新しい建物でもないし、エア

コンか換気扇の調子でも悪いのかな、なんて気にしていなかったらしいんですけど。

約束の時間を5分ほど過ぎた頃、電話が鳴って、着信画面を見ると今まさに待っているディレクターその人からで。あ、と思って出ようとした瞬間にメイクルームの奥にあるユニットバスの方から〝バンッ！！〟って、壁を叩《たた》くような大きな音が聞こえたらしいんですよ。

たまたまスマホの音量が普段よりも大きくなっていたことで、突然鳴った大音量の着信にも驚いたし、ユニットバスからの大きな物音にも驚いたらしいんですけど、まずは仕事だってことで急いで電話に出て。そこでスタジオを間違えていることに気付くんですよね。で、「すぐそっちに行きます！」って電話を切ると、慌てて自分の荷物をまとめて。

出る前に一通り戸締まりを……と思ったところで、そういえば、さっきの音はなんだったんだろうって気になってきたらしいんです。

さっきの1回しか音はしなかったけど、何か物が落ちていたりしたらもとに戻してから出よう、なんて軽い気持ちで細長いメイクルームの突き当たりまで行くと、ユニットバスの扉を開けて。

ワンルームマンションに設置されているような狭いユニットバスですよ。だから、室内にいた血塗《ちまみ》れの人間を真正面から見てしまったんですって。

頭から全身、血で真っ赤になっていて、男か女かもわからないようなのが浴槽内にいて、ゆっくりバスタブのヘリに手をかけて出てこようとしているようだったらしくって。

もう声も出せないくらい驚いて、腰も抜けちゃうし膝にも力が入らないんですけど、手も足も必死に動かして這《は》い出るようにスタジオを出たんですって。

まともにあんなものを見てしまうと、叫んだりはおろか、声も出せないもんだって言っていました。それなのにパニックだからこそ何故か自分の荷物は全部持って出たらしいですけど。

なんとか隣のスタジオに逃げ込んだ彼女は、「やばいもの見ちゃった、絶対幽霊見ちゃった……」と少しはなしはしたらしいんですけど、仕事に遅刻している身でそんな非現実的な話を続けるわけにもいかないじゃないですか。

予定時間から10分ほど遅れて始まった撮影は、当初の予定よりもスムーズに進んでその日は早めに帰宅できたんですって。仕事に集中している間は幽霊を見てしまったことやその時の恐怖心も薄れていたらしいんですけど、部屋にひとりになるとやっぱりまた思い出して怖くなってきてしまいそうで。だから、もう寝ちゃおうって、その日は早めに寝たんですって。

翌日、目覚ましよりだいぶ早く自然に目を覚ました彼女は、前日のモヤモヤが晴れているような気がして安心したそうです。

いつもよりゆっくりと身支度をして、朝食もちょっと豪華に作って、その日の仕事の確認をしながらニュースを見ていたらしいんですけど……。

「昨夜未明、東京都○区の撮影スタジオで、女性の遺体が発見されました。警察の調べによると女性はスタジオ内ユニットバスの浴槽で亡くなっており、自殺と見られています……」

あ、私、見殺しにしちゃったんだ。って、瞬時に鳥肌がたったって言っていました。ずっと聞こえていた音はどこかからか呼吸が漏れる音で、おそらくスマホの着信音に反応して浴槽を叩いたりしたんだろうって。

「あの時、救急車とか呼んでたら、もしかしたら助かったかもしれないって思うと、ちょっと平常心ではいられない、って……。トラウマっていうんですかね？　結局、ヘアメイクの仕事も辞めちゃって、実家に帰っちゃったんです」

なかなか会えなくなっちゃって寂しい、とでもいうような顔でその話をしめくくったそのメイクさんにも、なんだか少しぞっとしましたね。

三霊山拉致監禁強姦殺人事件

岡崎琢磨

〈三ヶ月だって〉

　そのLINEの文面を目にしたとき、蓼倉駿《たでくらかける》の頭の中は真っ白になった。

　高校二年生のときに、同じクラスの小《こ》糠井《ぬかい》ちとせと付き合い始めてから、もう七年になる。お互い初めての恋人で、その後何度かケンカ別れと復縁を繰り返しながらも、今日までうまくやってきた。いつかは結婚するつもりだったし、結婚するなら相手はちとせ以外にいない、と駿は考えていた。

　――だけど、まさかこんなに早く彼女が妊娠するとは。

　十一月も半分が過ぎた水曜日、会社の昼休憩の時間にちとせから届いたLINEは、まさしく青天の霹靂だった。

　駿はちとせと関係を持つ際、習慣として避妊具を用いていた。もちろん、それで妊娠が百パーセント防げるわけじゃないことは知識として持っていたものの、実際には妊娠の可能性などまったく考えていなかったと言っていい。

　ちとせは生理が遅れていることに気づき、仕事の午前休を取って産婦人科を受診したのだという。駿には、その件に関して一切相談してこなかった。ちとせはもともと口数の多いほうではなく、悩みをひとりで溜め込む性質がある。彼女が専門学校を出て駿より二年早く働き始めてからは、まだ学生の駿が幼く感じられたのか、その傾向に拍車がかかった。だから、先に事実を確かめてから駿に報告してきたのは、いかにもちとせらしかった。

すぐには返信が打てなかった。愛するちとせとのあいだに子供を授かった、そのことはまだ実感が湧かないとはいえ、掛け値なしに尊い。

しかし一方で、駿は自分の人生が一気に早回しされたような、歌謡曲で言えばサビの部分がスキップされてしまったような、そんな感覚を味わってもいた。まだ二十四歳、大学を出て新卒で就職してから今年の春でやっと二年目を迎えたばかり。依然仕事に慣れたとは言いがたく、大過なく毎日を送るだけでも精一杯だ。ちとせとの結婚はもう少し先、一人前になって貯蓄にも少々の余裕ができ、それこそ交際が丸十年を迎える二十七歳くらいでできればと漠然と考えていた。正直に言えば、せっかく稼げるようになったお金で独身のうちにしかできないような遊びをしたいという気持ちもあった。

迷ったあげく、駿は次のように返信した。

〈ＬＩＮＥで話すことじゃないから、近いうちに時間を作って、今後について話し合おう〉

ちとせからの返信は速やかだった。

〈今週は仕事が立て込んでるから、来週末まで待って〉

来週末までは猶予がある。そのことに駿が安堵した矢先、ちとせから続けて届いた

ＬＩＮＥには、こう記されていた。

〈おめでとうとか、うれしいとか、そういうの一言もないんだね〉

駿はそのメッセージに反応を示さなかった。


その日の夜、駿は親友の土佐《とさ》裕樹《ひろき》を飲みに誘った。

「どうしたんだ、こんな平日の夜にいきなり。しかも、おまえのおごりだなんて」

「ちょっとな。ま、いいから飲めよ」

裕樹の職場の近くにある焼き鳥屋は空いていた。もう少しがやがやしてるほうがしゃべりやすかったんだけどな、と駿は思うが、水曜の夜ならこんなものだろう。収入に余裕があるわけではなかったので、安い値段で飲めるだけでもありがたかった。

裕樹と駿は、高校の部活仲間だった。つまり駿とちとせのことを、まだ二人が付き合う前から知っている。駿がちとせとケンカ別れをしたときにも、復縁したときにも真っ先に報告した相手で、二人の関係をずっと見守ってくれている存在だった。

「また、ちとせちゃんと何かあったか」

裕樹に探りを入れられ、いまの自分はさぞさえない顔をしているのだろうな、と駿は想像する。これまでのような気軽なトーンでは、打ち明けられなかった。

「彼女、妊娠したみたいで」

裕樹の顔に驚きが、次いで喜びが表れた。

「それはよかったな！　そうか、駿がついに父親になるのか。おめでとう」

「……ありがとう」

笑顔がぎこちなくなったのが、自分でもわかった。裕樹は眉間に皺を寄せ、

「気がかりなことでもあるのか」

「本音を言うと、な……まだ、子供を作るつもりはなかった。ちゃんと避妊もしてたしな」

「まさか、ちとせちゃんのこと、疑ってるのか？」

「それはないよ」駿は慌てて手を振る。「ただ、想定外だったからとまどってるんだ。妊娠も、結婚も、心の準備ができてなかったというか」

裕樹は盛り合わせの皿に一本しかないねぎまを、断りもなく手に取り頬張った。

「おれは長いこと彼女もいないし、駿の気持ちわかってやれるとは言いがたいけどさ。人生なんて、予想どおりにいかないもんだよ。だからおもしろいんじゃねえの」

どこかで聞いたような台詞でも、裕樹は心から発しているように、駿には聞こえた。

「無責任かもしれないけど、おれはうれしいよ。二人のあいだに、子供ができたってことが。たぶん、わが子のようにかわいがるだろうなあ」

「そう言ってもらえると、こっちもうれしいよ」駿の顔はおのずとほころぶ。

「とまどう気持ちも理解できる。けど、生まれてきた子供を見ればきっと、そんなのは吹き飛ぶさ。心配すんなって、遊びたくなったときはちとせちゃんに内緒で、いつでも付き合ってやるからさ」

裕樹がテーブル越しに腕を伸ばして駿の肩を叩く。駿は言った。

「おまえと友達でよかったよ」

「ああ。おれもだ」

おごりという条件で呼び出したにもかかわらず、会計の際、裕樹は自分が全額払うと言って譲らなかった。これでご祝儀は終わりな、と裕樹は冗談めかしたけれど、こいつは結婚も出産もあらためてきちんと祝ってくれるのだろうな、と駿は思った。

ちとせと会うのは翌週の日曜日に決まった。前日の土曜、駿は一時間ほど電車を乗り継いで実家に帰った。

駿が八歳のときに両親が離婚して以来、長らく母親の南子《みなみこ》と母ひとり子ひとりで暮らしてきた。市営住宅に住み、事務の仕事で得た給料でやりくりしながら、南子は駿を大学にまで行かせてくれた。そのことに恩義を感じていたので、駿は実家からなるべく近い範囲で仕事を探し、ひとり暮らしをしている現在も、定期的に実家に帰って母親に顔を見せている。

夕食は南子の手料理だった。年季の入ったダイニングテーブルに料理が並び、母子で椅子についたとき、駿は切り出した。

「母さんに、大事な話があって。ちとせとのことなんだけど」

駿が高校生のころから何度も家に連れてきたので、南子はちとせをよく知っている。彼女は目をしばたたかせ、

「急にあらたまって、何」

「彼女、妊娠したみたいなんだ。いま、三ヶ月らしい」

駿が報告すると、南子は口を手で覆った。

「本当なの？」

「うん。判明してから、ちとせとはまだ会えていないんだけどね」

南子は身を乗り出し、駿の手を握る。

「おめでとう。本当によかったね」

いつの間にか皺が増えた母の手の温もりを、駿は懐かしく感じていた。

「ありがとう。まだ子供を作るつもりなんてなかったから、ちょっと不安なんだけどね」

「誰だって、初めは不安なものよ」

そう言って、南子は微笑む。

「結婚生活も子育ても、決して楽なことじゃない。そりゃあ私だって、不安じゃない日なんて一日たりともなかったわよ。離婚したときなんか、自分ひとりでこの子を育てられるのか、この子が不幸になりはしないだろうかって、毎晩泣いてたくらい」

南子は、息子の前ではほとんど涙を見せたことがなかった。知られざる母の一面に、駿は驚きを禁じえない。

「だけどこうして、あなたは立派な息子に育って、いいお嫁さんを見つけて、子供を授かった。母親として、じゅうぶんな務めを果たせたのかは自分じゃよくわからない。でも、何とかなったわ。あなたたちだって、何とかなるわよ」

「僕、母さんみたいにいい親になれるかなあ」

「大丈夫。困ったことがあったら、子育ての先輩の私が何でも協力するから。あなたはとにかく、ちとせちゃんとわが子への愛情を絶えず心に抱き続けること。それだけ、忘れないで」

心から幸せそうにしている母親の姿を見ていたら、駿の心に薄くかかった靄《もや》はいつの間にか晴れていた。母の「大丈夫」の一言が、何より心強かった。

先に教えてくれたらもっとお祝いらしい料理を用意したのに、と南子が目元を拭いながら抗議する。駿は今日まで育ててくれた母への感謝と、母から自分、そして子供へと命がつながるのだという感動を噛みしめながら、母の手料理をじっくり味わった。

翌日曜日、昼間は別の予定があるというちとせに合わせて、夜から会うことになった。

成人してからは、お酒を飲むことをよく好んだ二人だ。お酒を飲まない前提で会うのはいつ以来かもわからないほどで、そのことに駿は高校生のころの純朴さを思い出した。

どうせ飲まないのならと、駿はレンタカーでのドライブを提案した。ちとせはすぐに乗ってきた。彼女も運転免許を持っていたけれど、駿は自分が運転すると主張した。駿が車を借り、近くの駅までちとせを迎えに行く。駅前のロータリーで見つけたちとせの表情は硬かったが、それには気づかないふりをした。

助手席に彼女を乗せて、予約してあるレストランを目指す。車がないと行けない郊外にある、地元の食材を使用した料理を出すお店だ。以前、テレビで紹介されているのを見たちとせが、いつか行ってみたいと話していた。

レストランはログハウスのような外観をしていて、内装も童話めいたかわいらしさがあった。炭酸水で乾杯すると駿は、開口一番で謝罪した。

「この前は、本当にごめん。喜ぶべきことなのに、動揺してしまってうまく反応できなかった」

測るような目で、ちとせは駿を見つめている。

「夫や父親になる覚悟が、自分には足りていなかった。だから今日まで、いろんな人と話をして、真剣に考えた。僕たち二人の、いや三人の将来について」

「うん。それで？」

「正直、いまでも不安がまったくないと言ったら嘘になる。だけどそれ以上に、ちとせとのあいだに子供ができたことや、ちとせと結婚してこの先もずっと一緒にいられることを、心の底から幸せだと感じるようになった。腹が据わった、っていうのかな」

　駿の心臓の鼓動が、しだいに速まってきた。

「こんな頼りない男で申し訳ないと思う。それでも僕は、ちとせとお腹の中の赤ちゃんとともに、これからの人生を歩んでいきたい。ちとせはどう思ってる？」

ちとせは脱力したみたいに、ふっと息を吐いた。

「わたしもすごく不安だったよ。産婦人科で《おめでとうございます》って言われたとき、ぼんやり描いてた人生設計みたいなものが、全部崩れてしまったように感じた」

「……そうだよな。ちとせのほうが、不安だったよな」

「だからあの日、駿が喜んでくれなくて、わたし泣いたよ。ますます不安になっちゃったから。今日だって、会うのがすっごく怖かった。怖かったから、先延ばしにしてしまったくらい」

仕事が忙しかったというのも嘘じゃないけど、とちとせは言い添える。彼女の気持ちが、駿には痛いほど理解できた。

「だけどね、自分のお腹に赤ちゃんがいるってわかった瞬間、わたしこの子のことがすごく愛おしいって感じたの。信じてもらえるかわかんないけど、たぶん母親ってそういう風に心が出来上がってるんだね。だから駿が何を言おうと、この子は産むって決めていた」

「それは、僕も同じだよ」

駿は言い切る。不安があったからといって、産まないという選択肢は頭をかすめさえしなかった。

「いまの駿の話を聞いて、わたし、安心した。わたしたち、確かにまだ若くて、未熟な部分がいっぱいあると思う。だけど、どんな親だって最初は初心者だもの。たとえいろんな失敗をしてしまったとしても、この子が幸せになってくれればそれでいい。そのために、わたしたち、精一杯がんばっていこう」

そう言って、ちとせはお腹を撫でる。その柔和な微笑みに、母性が宿っているのを駿は見て取った。

「ありがとう、ちとせ」

「こちらこそ。ありがとね、パパ」

二人で笑い合う。駿は自分たちのいるテーブルのまわりだけ、ほのかに温度が上がったように感じた。

料理は素材の味が生きていておいしかった。滋養の面で妊婦の体にもよさそうだ、と駿は思った。

レストランをあとにする。車に乗り込んだところで、ちとせが言った。

「二十二時かあ。いつもなら飲み直す時間だけど、そういうわけにもいかないしね。どこへ行こうか」

緊張を押し隠しつつ、駿は提案した。

「行きたいところがあるんだ」

目的地を聞いて、ちとせはニヤリと笑った。「いいね」

そのまま郊外の道を車で小一時間ほど走り、着いたのは片原台《かたはらだい》の頂上にある展望台だった。地元の街並みが一望できる、夜景スポットとして特に名高い高台だ。

高校生のころ、二人が初めてのデートで来たのがこの片原台の展望台だった。爽やかに晴れ上がった初夏の日で、二人はバスに乗ってここまでやってきた。そして、駿が展望台でちとせに交際を申し込み、二人は恋人になったのだ。以来、ここは二人の思い出の場所として、ときおり訪れては昼の街並みや夜景を楽しむデートの定番スポットとなっていた。

展望台の駐車場に車をとめ、二人は降りる。すぐそばの短い階段を上ると、斜面にせり出す形で設けられた展望台があった。深夜と言っていい時間帯に差しかかっており、すでにバスもないせいか人影はない。

柵に身をあずけたちとせが、弾んだ声で言った。

「わあ。きれい……」

駿も隣に並び、夜景を見下ろす。ここへ来るたび、普段は何気なく暮らしていることの街が見せる美しさに新鮮な感動を覚える。たくさんの灯りのひとつひとつが、人の命がそこにあることの証だ。

ひとしきり夜景を観賞したあとで、駿はちとせのほうに向き直る。そして、ジャケットの内ポケットに手を入れてから、その場にひざまずいた。

「ちとせ、愛してます。結婚してください」

ちとせが目を大きく開く。

駿の手のひらの上には、指輪のケースがあった。

「嘘。全然予想してなかった……」

ちとせは声を詰まらせる。駿は照れ隠しに笑って、

「急だったから、そんないいものじゃないけどさ。今日のところはこれで勘弁してほしい」

「ううん、うれしい。その指輪、はめてくれる？」

ちとせが左手を差し出す。その薬指に、駿は指輪をはめた。

左手をうっとり眺めたあとで、ちとせは礼儀正しく腰を折る。

「ふつつか者ですが、よろしくお願いします」

「三人で、幸せな家庭を築こうな」

「うん！」

ちとせが駿に抱き着いてくる。その細い体を、駿も力を込めて抱きしめた。

駿はいつまでもそうしていたい気さえしていたが、人の気配を感じたのでちとせから離れた。ほどなく若そうな男性が三人、展望台に上ってくる。声が大きく、じゃれ合うさまは楽しげで、手にはチューハイの缶を持っている。青春だな、と駿は思う。

抱擁を解いたことで、にわかに寒さが意識された。まだ十一月のこの時季でも、高台の気温は零度近くまで冷え込むことがめずらしくなく、すでに駿とちとせの吐く息は白かった。

「そろそろ帰ろうか」

駿が言う。ちとせはうなずいた。

階段を下りて、先ほどの若者たちが乗ってきたとおぼしきライトバンの前を通り過ぎ、車に戻ってエンジンをかける。フロントガラスに目を向けた駿は、ぶるりと身を震わせた。

「トイレ行きたいかも。冷えたからかな」

車の正面には、公衆トイレがある。

「行ってくれば？　すぐそこだし」

「んー、いや、いいや。ふもとまで我慢する」

「いいって。行ってきなよ」

迷ったが、駿はドアに手をかけた。

「じゃあ、すぐ戻ってくるから」

駿は車の外に出ると、ドアをバタンと閉め、そのままトイレへ向かった。

トイレの中は薄暗かったが、清掃は予想したよりは行き届いていた。小便器に向かって用を足していると、視線の高さに貼られたポスターに書かれた文章が目に入る。

〈片原台は、なぜ三霊山《みたまやま》ともいわれるの？

昔々、この山には大蛇が住んでいて、たびたびふもとの村に下りて悪さをするので、村の者は大蛇に懇願し、年に一度、村から娘をひとり献上する代わりに悪さをやめてもらうことになりました。

ある年、大蛇が山に献上されてきた女を襲おうとしたとき、村の男が現れて、女の前に立ちはだかりました。しかし、男はなすすべもなく大蛇に丸呑みされ、女も食い殺されてしまいました。

その後、大蛇は突如苦しみ出し、やがて息絶えました。男は毒草を飲み込んで、自分の体ごと大蛇に呑ませたのです。村は平和になりました。

のちに男と女はひそかに愛し合っており、死んだ女のお腹の中には男との子がいたことがわかりました。村の人々は男の勇気を讃えるとともに、女を守れなかった悲劇を嘆き、三つの命が失われた山として、この山を《三霊山》と称するようになったのです。

なお、この三霊山の伝承は、現代ではヤマタノオロチ伝説が言い伝えられるうちにこの地方で変化したものと考えられています。

現在の片原台という名称は、一八八九（明治二二）年の市制施行にともない、この一帯を片原地区と称したことから用いられるようになりました。三霊山という名称は、公には使われなくなりましたが、いまでも地元住民のあいだでは根強く呼ばれ続けています。〉

読み終えた瞬間、駿は車のドアが開閉する音を聞いた。あれは自分たちの乗ってきたレンタカーのドアの音に相違ない。ちとせもトイレに行きたくなったのだろうか、と思う。

手洗い場で手を洗いながら、駿は目の前の鏡に映る自分の顔を見つめた。

その表情は、いままで見たことがないくらい、幸せそうだった。

――妊娠を知らされたときには不安や困惑が勝ったけれど、もう大丈夫だ。僕ら家族の未来はきっと、希望で満ちている。

にっこり笑って、駿はトイレを出た。

折鶴

平山夢明

初出　『鳥肌口碑』（宝島社文庫）

……こんな譚《はなし》を聞いた。

「小学校の時、可哀想な子がいましてね。最初は普通の子だったんですけれど、だんだん、家の経済が悪くなっていったんでしょうねえ。服とかノートとかそういったものが粗末になっていったんです」

女の子の父親は会社を経営していて、羽振りの良いときは一家揃ってレストランへ行く姿を彼はよく見かけた。

「目のくりくりっとした可愛い子でした」

それが日を追うごとに、服がでれ〜んと伸びた物でも着せられてくる。上履きが洗っても落ちない汚れで黒ずんできても、新しい物に替わることがなくなった。

「可哀想だったのは、学校で縦笛を盗まれちゃった時」

いたずらだったのだが、遂に笛は戻らなかった。

「それを聞いた彼女の母親が『学校の責任だ。担任の監督不行き届きだ』って騒ぎ出してね」

頑として新しいのを買おうとしなかった。

学校側も問題をこじらせたくはなかったのか、少女は〈縦笛〉を持っていることになった。

「授業の時なんか、その子も持ってるふりして指だけ動かすんです」

母親から直接、怒鳴られた女教師も意地になったのか縦笛のテストを彼女にも受けさせた。

「けどね。何もないんですよ、彼女はただ立って、先生の合図でただ指を吹いてるように動かしたんです。あれは見てらんなかった」

彼女は淡々と一曲分、指を動かした。

先生は「いいわよ」とだけ告げ、彼女を席に戻した。

暫《しば》くすると、彼女が給食費を滞納しているという噂がたった。

「出所がどこかはわからなかったけれど、状況的にかなり頷《うなず》ける噂ではあったんですよね」

彼女はいつのまにか、校庭で遊ぶよりも机に向かって本を読んでいることのほうが多くなっていった。成績も落ちた。

「貧すりゃ鈍すじゃないんだけれど……子供ながらにだんだん、雑な感じになって。前はこざっぱりとあか抜けた印象だったのが、なんつうか新品の人形がだんだん、古びてくような……」

少しずつ彼女の世界は歪んでいった。

ある時、彼が偶然、彼女の筆箱を覗《のぞ》くとなかには小指の先ぐらいのちびた鉛筆が並んでいた。

「可哀想っていうか……急に辛くなって」

彼は自分の持っていた新品の鉛筆を三本、誰にも見つからないようにあげた。

最初は意図がわからなかったのか「えっ？」といったまま鉛筆を見つめていた彼女だったが、彼の親切に気がつくと「ありがとう」とにっこり微笑んだ。

放課後、彼が校庭で遊んでいると、わざわざ彼女はまた礼をいってきた。

「俺は照れくさいから早く行けみたいな仕草をしたんだ」


その夜、来客があると、母が玄関先へ彼を呼んだ。

少女がいた。

昔のようなきれいな服を着、おしゃれな赤い靴を履いていた。

「あした、新聞見てね」

彼女はそう告げると、彼に赤と白の小さな折り鶴をふたつくれた。

「赤があたし。白が……」

彼だという。

彼女はそれだけ渡すと、彼と彼の母に頭を下げ、戻っていった。

玄関の前に一家が乗った車があった。

運転席の父親らしい人がニコニコと笑いかけていた。
「……なんだったの」
居間に戻った母親に尋ねられた彼は鉛筆のことを話した。
「ふ〜ん」と母はいったきりだった。
翌日、新聞に車が港から飛び込んだという一家心中の記事が載った。
少女の家族だった。
絞殺された後で、父親が埠頭《ふとう》からダイブしたという。
今でもなぜかあの鶴は捨てられずに持っていると、彼はいった。

ギフト　林由美子

夕方、洗濯物を取り込み、米を研ぎ始めたところだった。

インターフォンが鳴り、タオルで手を拭いながらドアカメラで応対に出ると、いつもの帽子と制服を着た宅配業者が来ていた。「トマト運輸ですー。お荷物です」「はい、お待ちくださいね」ここ最近毎日のように家族の誰かが何か通販で買っている気がする。その際、夫なら「明日USBケーブル届くから」などと知らされるし、中学一年生の娘ならば「ママ、これ買って」とわたしに頼んでくる。

しかし今日は、そういった聞き覚えがなかったので「あれ、パパが何か頼んだのかな」と、わたしはシューズラックに置いてある認め印を片手に玄関ドアを開けた。「こんちは、サインか印鑑お願いしまーす」宅配業者が渡してきた伝票の受領欄に、機械的に判子を押して「ごくろうさま」と相手を見送った。

受け取った箱は両手で収まるほどの小箱で軽い。てっきり夫が注文したものと思ったが、箱に貼りついた送り状の宛名欄にすぐ自分の名前を見つけ、次に差出人を確かめるとわたしは言い知れぬ不安を覚えた。少なくとも、絶対に自分では注文していない。

差出人はクラフトパークタカギ。八年前、娘がまだ幼稚園生だった頃、仲の良かった三人のママ友と足しげく通っていた店だ。当時四人の中でビーズアクセサリーを作るのが流行っていた。ビーズの細い穴にテグスを通しながら、それぞれの夫や子供、自分の独身時代の話に花を咲かせて指輪やネックレスのモチーフを作っていた。

　ダイニングテーブルに着き、壁の時計を見ると午後五時半を回ったところだった。あと十分もすれば娘の一花《いちか》が部活を終えて帰宅する。わたしは一花にこれを見られたくなくて、迷わず箱を開けたが中身を知ると慌てる気持ちを忘れて呆然とした。梱包材の下から出てきたのはビーズアクセサリーのキットだった。なんの手違いでこんなものが送られてきたのか、恐る恐る品物を取り出すと注文書が入っており、わたしはそれを手にした。

「ひゃっ」ついそんな声をあげていた。

　注文者の名前が金本美幸《かねもとみゆき》になっていた。

　ありえなかった。あまりにタチの悪い悪戯だ。

　そこへ「ただいまー」と一花が帰ってきたので、わたしはその箱を一旦食品庫に隠した。なんでもない顔を装ってみても、その後の夕飯の用意や夫が帰宅してからの食事は気もそぞろだった。夫にもこの悪戯を伝えるのは躊躇《ためら》いがあった。

　この件を話せるのは風見景子《かざみけいこ》と住田茜《すみだあかね》の二人だ。当時四人組だったママ友のうちの二人である。そしてもう一人が金本美幸だった。

　夫が風呂に入り、一花が二階の自室に上がってゆくと、わたしは即座にスマホを手にした。まずは風見景子に電話をかけた。住田は夫の転勤で四年前に県外へ引っ越していた。

「久しぶり、どうしたの」

子供が小学校に入って以来、風見とも住田ともそれ以前のようなべったりとしたつきあいでなくなっていた。参観日に顔を合わせれば立ち話こそすれ、電話は何年ぶりかだった。

「あのね、唐突なんだけど……宅配便で変なもの届いてない？」

「変なものって？」

「ビーズアクセサリーのキットとか」

「ん？　どういうこと」

「注文者がその……金本美幸になってるの」

「え！」風見は素っ頓狂な声をあげた。「なにそれ、そんなはずないじゃない」

「悪戯か嫌がらせか、そんなところよね。さすがに不気味で。だからしーちゃんママのところにも届いてないかなと思って」

「うちは今のところ大丈夫だけど……嫌ねえ。それ支払いはどうなってるの」

「着払いを求められたわけじゃないし振込用紙も入ってない。注文者の欄に住所と電話番号も載ってるんだけど、それ二丁目九番地になってて」

「つまり金本さんの家があった場所なのね……」

そうだ。今は更地になっているあそこだ。

「電話番号も金本さんと同じなのよ。わたし、アドレス帳から金本さんを削除してたんだけど、たまたま幼稚園時代の連絡網が引き出しの中に残ってたから確かめられたの」

「気持ち悪い……だけどひとつ確かなのは少なくとも金本さんの携帯番号を知ってた人の仕業ってことよね。幼稚園で一緒だった誰かなのかしら」

「見当がつかないのよ」

解決策を見出せないまま電話を終えた。次に住田にも電話をかけたが反応は風見と同様で、二人とも特に近況をあれこれ喋《しゃべ》りだしたりはしなかった。

翌朝、わたしはクラフトパークタカギに返品依頼の電話をかけた。注文者に心当たりがない旨伝え、支払いについて尋ねると、ネット注文によるギフト扱いになっていて振込用紙は金本の住所に郵送してあるという。とはいえ、それは宛先不明で返送されるのだろう。

「ネット注文ですと注文時にメールアドレスの登録があると思うのですが」

「はい。注文確認メールが注文者様へ自動送信されるシステムになっております。ですが……この場合、フリーメールアドレスなどのいわゆる捨てアカが使われているかもしれません。そうなると当社としてはそれ以上の追跡は難しいのです」

悪意を持った人間にかかれば、通販は脆弱な仕組みに思えた。

電話を終えたわたしは商品を梱包し直し、返品用紙に所定の書き込みをして郵便局に持ち込み、その足で週三日勤務のドラッグストアへ急いだ。忙しいのにいい迷惑である。

だがその日の夕方だった。パートからの帰宅後、庭先で洗濯物を取り込んでいるとインターフォンが鳴った。そのまま玄関口へ出ると、宅配ピザの配達員が平たい箱を抱えており、相手はわたしに気づくと「お待たせしました、ドミーピザです」と頭を下げる。

心臓が慄《おのの》きで早鐘を打った。「あの、うちは頼んでいませんけど」

「あれ？　白井《しらい》さんのお宅ですよね」わたしは伝票を確認する配達員のそばに行き、それを覗き込んだ。そこには特に金本美幸の名前はなかった。だが商品名に目が留まった。

「お好みクアトロピザ……」ついそれを読みあげていた。子供が幼稚園に行っている間、ママ友四人でこれを頼んでいた。好きなピザを四つセレクトできるこの店の看板メニューだ。

手芸キットを送り付けた相手と同じ者の仕業なのだろうか。

「あの、これ、ネットか電話のどちらで注文されたものなんでしょうか」

「いやあ、僕ではちょっとわからないです」

「注文を受けた人に聞いてもらえませんか」

「はあ……」配達員はスマホを取り出し電話をかけた。事の経緯を簡単に話した彼は「電話みたいっすね」とわたしに顔を向ける。

「その電話、録音はしてないんですか」

わたしの質問そのままを彼は電話の相手に尋ね、答える。「そういうことはしてないそうですよ」

「じゃあ、男か女か、どんな声だったかはどうです？」

彼は再び、電話相手に確認してわたしに伝えた。

「注文を受けたのが五日前の十八時三十一分の記録で、電話をかけてきた声までは覚えてないそうです。ほんとすみません。たまーにこういうことあるんですよね」

わたしは動悸が治まらなかった。ビーズアクセサリー作りや、どんなピザを頼んでいたか知っているのは、ママ友四人だけだったからだ。

「え？　ビーズやピザの話を誰かにした覚えがないかって？」

わたしはすぐさま風見に電話をかけた。

「そんな話……仮に世間話のついでに近所の人にしたとしても何年前のことよ、覚えてないわ。一花ママだって同じでしょ」

「そうなんだけど、確かめずにはいられなくて」わたしとて子供のスイミング教室の待ち時間に誰かに喋ったかもしれなかったが、記憶になどなかった。

「まさか住田さんの仕業じゃないよね……」わたしがもう一人のママ友の名を出すと、風見は「ないないないない」と打ち消した。

「外資のコンサル職でがっつり社会復帰してる人だよ？　そんな暇ないって。私たちよりよっぽどリセットできてるはず」

解決の糸口が見えないまま電話を切ったが、風見の言ったリセットという言葉でどこか我に返るところがあった。近年ではリセットどころか忘れていたからだ。

しかし、この正体不明者からの送り付け行為はまだ終わらなかった。夫は残業、娘は塾の、一人きりの晩に、夜間にもかかわらずインターフォンが鳴ってわたしはびくりとした。

今度は育児書だった。納品書を確認する。注文者はやはり金本美幸。この本をわたしは以前買ったことがあった。金本美幸に貸すために、だ。

『子供の正しい叱り方』金本美幸は穏やかな性格で、息子の征也《まさや》に怒る場面を一度も見たためしがなく、叱るにしても「征也、だめよお」と柔らかくのんびりと窘《たしな》める程度だった。そのせいか征也は粗野なところが目立った。何をするにも乱暴でうるさく、はっきり言ってわたしは嫌いだった。だからこの育児書を金本美幸に「いい本がある」と貸したのだ。それは、もっとちゃんと躾《しつ》けてほしいという嫌味なメッセージで、これを渡された彼女が戸惑いつつも無理に「ありがとう」と笑ったのがどこか小気味よかった。

だが、この件は金本美幸とわたししか知らないはずだった。

翌朝もわたしはショッピングサイトに返品依頼をし、郵便局に箱を持ち込みパートに行った。忌々しいことに、夕方また荷物が届いた。今度は基礎化粧品三点である。知らないメーカーのもので注文者は金本美幸になっている。先の三回の品と比べると、私たちとは無関係な代物だ。わたしはメーカーのホームページを見てみた。通販限定の化粧品メーカーで、品質と同じくらい割引について大げさにうたっていた。なぜ今回はこれだったのか。

と、『お友達紹介キャンペーン』の文字にはっとした。

そうだ、わたしは金本美幸に自分の使っていた化粧品を買わせたのだ。紹介した相手が五千円以上購入すると、わたしに三千円の商品券が贈られる。それが目当てでわたしは金本に化粧品を薦めた。無理強いしたわけではない。だが気の弱い彼女がわたしの「これ絶対一度は使ってみるべき！」を断らないのはわかっていた。

育児書の件同様、わたしと彼女しか知らないことだった。もしかしたら――金本美幸の夫の仕業なのだろうか。夫なら細々と妻から話を聞いていたかもしれない。わたしは金本家がどこに引っ越したのか知らない。役場で転出先を教えてもらえるのだろうか。ネットで検索すると、身内や債権者でなければ簡単に教えてもらえないようだった。

翌日もわたしの罪を追及するかのように宅配便は続き、次は『靴のクラキ』からだった。段ボール箱いっぱいに幼児の上履きや長靴が詰まっており、わたしは「ひっ」と小さな悲鳴をあげた。意味は伝わった。この靴店はスクール雑貨が格安で主婦に人気だったが、八千円以上購入しないと送料が無料にならない。そのため私たちは四人でまとめ買いをしていたのだが、購入手続きを金本美幸に押しつけていた。そしてあるとき、わたしは長靴を彼女に返品してもらった。ピンク色が思ったほど良い色味じゃなかったからだ。その返品により送料が発生すると察していたが、わたしは知らぬ顔をした。ただそれだけの話だ。

明くる日にはミシンが届いた。わたしは裁縫が得意な金本に体操服袋や上靴入れを縫ってもらい、その腕前を褒めそやすとママ友二人もこぞって彼女を頼った。彼女は嫌な顔ひとつせず引き受けていた。だから夫のスラックスの裾上げを頼みもした。

以降もインターフォンは日に二度三度鳴り続けた。段ボール箱に溢れんばかりのミニカーは「たくさんあるからいいじゃない」とバザーの目玉商品にするために出品させたことを指しているに違いない。インクジェットプリンターも運動会の写真を皆に配るため印刷を任せていた記憶に繋《つな》がる。ひとつひとつ過去の仕打ちを非難するように品物が届き、わたしは返品作業に追われる。送りつける速度も大きさや重さも構わないので部屋中が荷箱だらけになり始めていた。

「おかしいよ。なんでこんなに注文ミスが起こるの？」

ついに娘の一花の目に触れるようになり、娘が手に取った伝票をわたしは「見なくていいの」とむしり取った。

夫はあくまで悪質な悪戯と思っていて警察に相談に行こうと言うが、それだと何もかも詳《つまび》らかにしなければならないようで踏み出せないでいた。

そうして宅配ラッシュが始まって一週間が経った夕方、配達員が「五個口ですね」と玄関に段ボール箱を積み上げた。このまま中を見ずに受け取り拒否をしたかったが、見ないで返す怖さもあった。

わたしはカッターの刃を刺し、箱のひとつを開ける。

「いやあっ」わたしは尻餅をつきながらも後ずさった。

中にはぎっしりと青いビニール製の縄跳びロープが詰まっていた。やぶれかぶれで他の箱を次々開けると、どれもこれもから青い縄が弾《はじ》け出る。

金本美幸は青い縄跳びロープで首を吊ったのだ。

息子の征也はいつもこの縄跳びで遊んでいた。「蛇だ、へびー」と波打たせ、それに飽きるとロープを振り回した。その様子を彼女は微笑みながら「あぶないよ」としか注意しない。

征也以上に母親の金本美幸が癇《かん》に障った。いつもおっとり穏やかで、征くんママは大人にも子供にも人気だった。ピアノが得意で子供たちにせがまれればなんだって弾けた。おまけにお嫁さんにしたいランキング一位の女優に似ていて、「征くんパパ、マジで羨ましい」と夫がしばしば口にした。息子一人まともに躾けられない女のどこがそんなにいいのか。

ある日、征也の振り回した縄跳びロープが偶然にも一花の頬を打った。打ち所が悪ければ失明だってしかねない蛮行だった。一花は泣きだし、当の本人は詫びもせずに逃げていき、代わりに金本美幸が一花の頭を撫でさすった。「ごめんね、ごめんね」一花は泣き止み、甘えるようにその腕の中に滑り込んだ。その様子さえ腹立たしかった。

こんな親子とのつきあいは御免だ！　わたしは翌日から金本親子を避けた。子供同士が遊ぶ約束をしても無視し、ママ友の集まりにも彼女だけ呼ばなかった。他のママ友も心中わたしと同じだったのかそれに倣い始めた。結果、金本親子は孤立した。征也が突然「遊ぼ」とうちに訪ねてきても、遊びに来た他の親子の笑い声が外に漏れていようが居留守を使った。そんな日々が二か月も続いたある日、金本美幸は自殺したのだ。

わたしは悪くない。ひとまず縄跳びの箱を片付けようと運ぶが、足元がもつれ、転んで中身をぶちまける。一花が帰ってきてしまう。慌てて掻き集めるが、その手が他の箱を倒してしまい縄跳びが散乱する。辺りがうじゃうじゃと青い紐で埋められる。ふいにそのロープが蠢きだした錯覚に襲われ目をこする。「蛇だ、へびー」どこからか征也の幼い声が聞こえたようで肌が粟《あわ》立つ。

「やだ、やめてよ」

縄跳びロープがいつしか無数の蛇になり、とぐろを巻いてわたしを見ている。その蛇がしゅっと音をたてわたしの首に巻き付いた。苦しい。わたしは蛇を渾身の力で引きちぎる。

ぶちぶちぶちい。

ちぎれた蛇をかなぐり捨てるが、すぐさま次の蛇に飛びかかられ、それをまた断ち切る。蛇の臓物なのか顔がどろりと濡れ、嘔吐し、それでも尚引きちぎり、喘《あえ》ぎながら格闘する。

「ママ！　なにやってるの！」

気づけば一花が呆然と立っていた。一花が見たのはドアノブに縄跳びを引っかけて、鼻水と涎《よだれ》を出して首をくっているわたしの姿だった。

わたしの無意識のうちの首吊り自殺は成功しなかった。なぜならすべての縄に切り込みが入っていたからだ。

「簡単に死なせない」金本美幸からのメッセージに違いなかった。


うちに僕を訪ねてきた相手を見て、すぐに一花だとわかった。

「征くんだよね。ママに変なもの送ってきてるの」

僕は父と一緒に祖父母の家に住んでいる。「よくここがわかったね」

「そんなの、ラインとツイで探せばすぐわかるよ」

僕はうれしかった。母の予想した通り、大好きだった一花が僕に会いに来てくれたのだ。

『一花ちゃんとまた会える方法』中学になったら使ってね、と母が残した手提げカバンの内ポケットにそう題した遺言が入っていた。そこには何をどうやって一花ママに送るのか、すべて記してあった。

その便箋の最後はこう締めくくられていた。

『征也と一花ちゃんがずっと仲良しでいてくれたら、一花ママはお母さんのことを忘れないでいてくれると思うの。それがお母さんの望みです』

僕はこの遺言を叶えるつもりだ。

無題

澤村伊智

「今の、聞こえた？」

「え？」

「ドアの、ドアの開く音がしたわ。聞こえなかったの？」

「いや……気のせいじゃないか」

リビングのソファで妻と向かい合って、私は耳をそばだてる。きっと妻の聞き違いだろう。ただでさえ平静ではいられないところに、この激しい雨だ。何をどう聞き違えてもおかしくない。幻聴を聞いても決して――

きい、ぱたん
玄関で音がした。ドアの閉まる音だった。

私たちは顔を見合わせ、次の瞬間にはソファから跳び上がった。猛然とリビングを飛び出し、転びそうになりながら廊下の角を曲がる。

真奈美《まなみ》が立っていた。

五日前の六月二十七日、午後四時二十分頃、下校中に友達と別れてから行方が分からなくなっていた、一人娘の真奈美が。

雨でずぶ濡れだった。

高校の夏服も、長い黒髪も水浸しだった。スカートからも鞄《かばん》からも、睫毛《まつげ》からも雨粒が滴っている。普段は桃色の頬は真っ青で、唇に至っては紫色だった。

虚ろな目で私を、次いで妻を見上げる。

「真奈美！」

妻が駆け寄った。震える手で両頰に触れる。

「大丈夫？　大丈夫なの？」

「うん」真奈美は弱々しい、掠《かす》れた声で言った。ぼそぼそと続けるが、まるで聞き取れない。だが妻には聞こえたらしく、目がみるみる潤んだ。

「ま、まな……」

「ごめん」

わっ、と妻が泣き出した。濡れるのもお構いなしに娘を抱き締める。真奈美も妻の背中にそっと手を回した。

疑問はあった。この瞬間も胸の内に渦巻いている。今何と言ったのか。今までどこに行っていたのか、この五日間何があったのか、何をしていたのか。目の前で抱き合う二人を引き離し、真奈美を問い詰めたい。そんな衝動さえ湧き起こる。

だが、それ以上に嬉《うれ》しかった。

娘が帰ってきてくれて、生きて再び会うことができて、本当によかった。妻が泣いていなければ、自分が泣いていただろう。或《ある》いは叫んでいたかもしれない。無事でよかった、ありがとう、嬉しいよ、真奈美、真奈美——

私は暴れ出す感情を抑え込んで、洗面所に走った。バスタオルを抱えて引き返し、娘に差し出す。妻の肩に顎を置いた真奈美は、ほんの少しだけ笑みを浮かべていた。安堵《あんど》しているのだろう。いなくなった理由は分からないし見当も付かないが、帰宅できてホッとしているのだろう。

真奈美はバスタオルを受け取ると、頭に被った。妻に支えてもらいながら靴と靴下を脱ぎ、立ったまま足を拭く。それが済むと覚束《おぼつか》ない足取りで、バスルームに向かった。目を腫らした妻に手を引かれ、ぺたぺたと弱々しい足音を立てて。

私はリビングに戻った。妻と真奈美の気配や音を、突っ立ったまま聞く。何やら会話している。しばらくしてバスルームのドアがパコンと開き、閉じる。くぐもったシャワーの音がする。「大丈夫？」と妻。「うん」と真奈美。声はさっきより大きく、力強いものになっていた。

ややあって、妻が戻ってきた。二階にある真奈美の寝室に行ってきたのだろう。寝間着にしている青いジャージを手にしていた。

「いいのか、側《そば》にいてやらなくて」

「そりゃ付いていてあげたいけど」妻は青ざめた顔で、「大丈夫だって。自分でできるって、真奈美が。お腹も空いてないし、水だってちゃんと飲んだって」

「さっき玄関で何言ってたんだ？」

「それが……母さんが想像するようなことはされてない、って」

「って、要するに」

「ええ。それに、わたしも大丈夫だと思う。見た限りでは」

妻は意味深なことを言った。こちらが訊《たず》ねる前に、

「さりげなく見たの、あの子の身体。傷とか痣《あざ》とかは全然なかった。そりゃ全身くまなく調べたわけじゃないけど……あとね、悪いとは思ったけど、思ったけど」

「どうした」

「下着も調べたの。あの子がバスルームに入って、ちょっとしてから。変だなってところは全然なかった。前から持ってるやつだったし」

「それは全然……」

「分かってる。分かってるの」妻の声は震えていた。「何の証明にもならないって。でも不安でしょ？　酷い目に遭ったかもって思うでしょ？　五日もいなくなって、こんな風に帰ってきたのよ？　違う？　わたしのやったことって変？　異常？」

「そんなことはない。親として自然な行動だよ」

「でもねえ、何だか違う気がするの、あの子。ううん、絶対違う。おかしい」

「落ち着いて、落ち着いて」私は作り笑顔で言った。「そりゃあ五日も出かけてて、おまけにあれだけ雨に濡れてりゃ、普段とは違ってくるよ。同じ調子だったら逆にお

かしい」

「そうかなあ。そうかなあ」

不安がる妻を宥《なだ》めて、私は二人分のコーヒーを淹れた。妻が強張った顔のままマグカップを傾けるのを見ながら、自分もちびちびと啜《すす》る。

寒かった。凍えるほどではないにせよ、熱い飲み物を抵抗なく飲める程度に、寒気を感じている。すっかり日も暮れたとはいえ、七月でこの寒さはおかしい。

きっと精神的なものだろう。真奈美が帰ってきたことは嬉しいが、完全には安心できていない。そのせいに違いない。コーヒーの苦味を口に感じながらそんなことを考えていると、大事なことに思い至った。

「そうだ。警察に電話しなきゃ。今この瞬間だって捜索してくれてるだろうし」

「そうね。皆さん心配してくれてたものね。もっとこう、適当にあしらわれるものだと思ってたけど」

「真っ当な人も普通にいるってことだろうね。ええと、どこだ。どこにやったかな」

スマートフォンを探していると、バスルームのドアが開く音がした。いつの間にかシャワーの音が止《や》んでいる。妻が小走りでリビングを出て行く。

廊下に顔だけ出して待っていると、ドライヤーの音がした。それが止んで少しして、真奈美が脱衣所兼洗面所から現れる。元の――いなくなる前の真奈美だった。表情は暗く伏し目がちではある。少し痩せたようにも見える。だが間違いなく真奈美だ。私と妻の娘だ。帰ってきたのだ。

「ご飯は?」

妻が訊ねた。

「寝る」

か細い声で真奈美が答える。

「あの、ちょっとはお腹に入れたら? 何も食べてないんでしょ」

「うん」

「だったら食べなさいな。食べながらでいいから、ちょっとでいいから話してくれる? どこに行ってたかとか」

真奈美は黙った。

「ねえ真奈美」

「……山に、いた」

「え?」

妻はぽかんと口を開いた。真奈美は眠たげに眉根を寄せると、

「あの……電線の、塔のある」

「三角山のことか?」と私は訊ねた。

「うん」

三角山。正式な名前は知らないが、この辺りではそう呼んでいる。ここから徒歩で三十分ほどのところにある、大きな送電塔の建つ小さな山だった。そうだ。確か此所《ここ》へ越して間もない頃、まだ幼稚園児だった真奈美に教えてもらったのだ。私や妻がご近所と交流を持つよりずっと早くに、娘は友達を沢山作り、この町の知識を得ていたのだった。

場違いな懐かしさに戸惑っていると、違和感に突き当たる。三角山には送電塔以外、何もないはずだ。ただ形状が周囲の山より鋭角的だから「三角」の名が付いているだけで、遠足やハイキングのコースがあって親しまれている、といったことは一切ない。

「真奈美お前、そんな山に何の用が……」

娘は答えず目を擦《こす》った。シャワーを浴びたのに顔色は悪いままで、ふらふらと身体が揺れている。ここで立ち話をするのは最悪の選択だ。

私は道を譲った。真奈美は妻に支えられて階段を上る。私は下から二人を見守った。リビングに戻ったが落ち着かない。歩き回っていると妻がやって来て、台所で炊事を始めた。飲み物と軽食を枕元に置いておくという。手際よくサンドイッチを作る妻を見ていると、改めて自分の無力さが厭《いや》になった。警察に行った。行方不明者届も出した。だがそれだけだ。真奈美が帰ってから私がしたことと言えば、バスタオルを渡してやっただけだ。

「あんな山なんかに、何でまた……」

妻が呟《つぶや》いた。

「前からあそこ、変な噂聞くの。電気の塔を建てた時、何人も事故で亡くなったとか、その時の工事の人があちこちで野犬の死体を見付けたとか。夜中に白い顔がふわふわ浮いてたとか、誰もいないのに『おはよう』って声を聞いたとか」

「怪談話か。初耳だな」

「あなたに教えるほどのことでもないでしょ。聞いた時はほら、よくある噂話だと思ったし……」

私はうなずいた。子供の頃に住んでいた土地でも、似たような噂は聞いたことがあった。ダムで白骨死体が発見されただの、台風の日に側溝に落ちて行方不明になった児童がいるだの。三角山の話も同じだ。こんな状況でもなければ真剣に受け取ることもない。

サンドイッチとティーポットとカップを盆に載せて、妻は二階へ向かった。静かになったところで、私は警察に電話するのをすっかり忘れていたことを思い出す。そうだ、スマートフォンを探している最中だった。どこだ、どこに置いた。

辺りを見回していると、着信音が鳴り響いた。ドアのすぐ側の電話台、そこに置かれた固定電話の傍らで、私のスマホが着信を告げていた。

普段あんなところには置かないが、動転していたせいに違いない。やれやれ、と電話台に足を向けた瞬間、背中にぞわりと悪寒が走った。みるみる全身に鳥肌が立つ。

恐ろしい想像をしていた。

馬鹿げた臆測を止められなくなっていた。

ずぶ濡れの真奈美。生気のない、顔色の悪い真奈美。

口数は少なく声は小さく、食事も取らずに部屋に引っ込んだ。

あれは真奈美の幽霊ではないか。

あの子は既に死んでいるのではないか。

幽霊とはああいうものだと、子供の頃、怪談話で散々聞いた気がする。こんな風に帰ってくる幽霊を、海外の映画で観た気がする。いや、それをオマージュした邦画ホラーだったか。

そしてこの電話は警察からで、真奈美の遺体を発見したことを知らせるものに違いない。

発見現場はきっと三角山だ。絶対にそうだ。

いや――そんな訳があるか。下らない。

無気味で子供じみた妄想を振り払って、私は一歩、電話台に近付いた。また一歩、更に一歩。

二階からは物音一つ聞こえない。妻も戻ってこない。真奈美と話し込んでいるのか。それならそれで構わない。むしろ喜ばしいことだ。

スマートフォンの画面には知らない番号が表示されていた。ビデオ通話のマークが表示されている。

電話台のすぐ側で立ち竦《すく》んでいた。口の中はからからに乾いていたが、背中は冷や汗で湿っている。膝が笑い始め、胃が持ち上がるような感触が腹に広がる。

子供じみた恐ろしい予感を振り払って、私はスマートフォンを摑んだ。

「もしもし」

画面を真正面から見据える。映し出されたのは初老の警官の顔だった。こちらの話を真剣に聞いてくれた、近くの交番の巡査長。やけに狭く白っぽい部屋にいる。彼は挨拶もそこそこに、

「娘さん――真奈美さんが」

そこで言葉を切る。心臓が一際激しく鳴った。

「ついさっき、見つかりました」

ギリギリと胸が痛む。視界が涙で滲《にじ》む。

「三角山で保護されました。無事です。受け答えもできています」

「……え？」

「生きて発見されたんです。命に別状はありません！」

巡査長は泣き笑いの表情で、声を張り上げた。画面の外から白と黒の影が割り込み、巡査長を押し退《の》ける。

真奈美だった。

青いバスタオルを頭から被って、

「お父さん！」

そう叫ぶなり泣きじゃくる。嗚咽の間に何か喋《しゃべ》っているが、全く聞き取れない。

「感動の再会を邪魔して申し訳ない」

巡査長が顔を半分だけ割り込ませて言った。

「山に行った経緯は聞き取りができていません。記憶の混乱も見受けられます。でも、ざっと見た限りは怪我やなんかはない。今、救急車に乗っていて、これから病院に――」

言葉が耳から耳へ抜けていく。意味が取りづらくなり、次いで全く分からなくなる。

巡査長の顔、真奈美の顔。交互に見ているが酷く遠く感じられる。

真奈美が見つかった。画面の向こう、巡査長の側に存在している。ならば。

帰ってきた娘は、誰だ。

妻は今、誰と。いや――何と一緒にいるのだ。

二階で物音がした。何かを引き摺《ず》っている。

啜り泣きのような音もしたかと思えば。

ぱしゃぱしゃ、と水気の多い音もする。

いつの間にか廊下に出ていた。

どす黒い染みが板張りの床に、等間隔で並んでいた。玄関とバスルームを結んでいる。腐葉土のような臭気が鼻を突いた。二階の物音はますます大きくなっている。

ふらつく足で階段に辿《たど》り着く。見上げたと同時に息を呑《の》む。

階段は真っ赤に濡れていた。

踏み板も壁も手摺りも、血でてらてらと光っていた。パーマの長い髪が、あちこちにへばり付いていた。

「あ、あ……」

「おはよう」

やけに甲高い声がした。

二階の四角い暗闇に、真奈美とは似ても似つかない、男か女かも分からない白い顔が浮かんでいた。

私的怪談

真梨幸子

〈私的怪談1　留守番電話〉

電話（スマホ）に留守番電話のメッセージがある場合、「留守番電話」の履歴に、メッセージを残した人の名前または電話番号が表示されるのは言うまでもない。そして、未再生の場合、その名前（あるいは番号）に未再生のマークがつく。再生すると、マークが消える。

ズボラな私は、スマホをカバンの中に入れっぱなしにしたり、部屋のどこかにやったりして、着信音に気がつかないことが多々ある。丸一日経って、留守番電話に気がつくこともしばしばだ。

留守番電話といえば、こんなことがあった。

それは、二〇一八年十二月二十二日の深夜のこと。

お風呂から上がり、さあ寝よう……というタイミングで、ふと、スマホのことが気になった。

着信履歴を見ると、母の名前が表示されている。留守番電話メッセージがあるようだ。

「お母さん？　なんだろう？　こんな夜中に」と、再生してみると、母の危篤を伝える弟の声が聞こえてきた。

「お母さんの携帯からかけている。お母さんが危篤だから来て」

まんじりともせず夜明けを待ち、新幹線で小田原《おだわら》の病院に向かった。

母は集中治療室で眠っていた。パンパンに浮腫《むく》んだその顔は、まるで別人。直視するのも辛い。蘇生法が施されて一命は取り留めたが、そう長くはないのだろうな……と。予感通り、その翌月、母は帰らぬ人となった。


母が亡くなって何日か経った頃。スマホに留守番電話のメッセージがあることを示すアイコンが表示された。

履歴を見てみると、母の名前に未再生マークがついている。日付は12／22。

「あれ？」と思いながらも再生すると、弟の声が。聞き覚えがある内容だ。

「お母さんの携帯からかけている。お母さんが危篤だから来て」

おかしいな……。これ、再生したやつだ。再生済みなのに、なんで未再生マークが？

不思議だったが、このときはあまり気に留めなかった。

それからまた何日かして。

スマホにメッセージが入った。留守番電話サービスからだ。
「未再生の留守番電話メッセージがありますので再生してください」
というお知らせだ。
留守番電話履歴を見ると、またもや、母の名前に未再生マークがついている。
日付は12／22。
「あれ？」と思いながらも再生すると、弟の声が。聞き覚えがある内容。
「お母さんの携帯からかけている。お母さんが危篤だから来て」
それからまた何日かして。
留守番電話履歴を見ると、またもや、母の名前に未再生マークがついている。
日付は12／22。
……こんなことが、何回も続いた。
留守番電話サービスの不具合か？
それともメッセージを削除しろということか？
（ズボラな私は、留守番電話メッセージを再生したあとも、そのまま残している）
でも、他の再生済みメッセージではそんなことは起こらない。
いったい、なんでこんな現象が起こるのか。分からないまま、時は過ぎていき。
そして、母の死亡から一ヶ月が経ったある日の夜。こんな夢を見た。

スマホの着信ベルが鳴る。画面には、母の名前が。

もしかして、また弟が母の携帯から電話してきたか？　と、電話をとってみると。

「私、私だってば。分かるでしょう？　私よ！」

その声は、明らかに母のものだ。

いや、でもちょっと待て。母は一ヶ月前に死んだ。母のはずがない。

じゃ、この電話の相手は誰なのだ？

私は、とっさに、いつか見たテレビを思い出した。振り込め詐欺撃退法だ。振り込め詐欺とおぼしき電話がかかってきたら、干支《えと》を聞くといいのだという。生年月日が分かっていても、本人でないと干支は咄嗟にはでてこないからだ。

「本当にお母さん？　生年月日を言ってみて。そして、干支も」

と質問すると、電話は切れてしまった。

そして、目が覚めた。

やけにリアルな夢だった。

そして、思った。霊界でも「振り込め詐欺」が横行しているんではないか？　故人の夢を見させて、そして、

「あなたには悪霊がとりついている。いますぐ、お金をどこそこに振り込みなさい！」

とか、

「あなたの未来は暗い。それを打破するには、全財産をどこそこの組織に寄付しなさい！」

とか。

そんなことを故人の声で言われたら、夢だとしてもかなり気になる。お告げだと思ってその通りにしてしまう人もいるはずだ。

いずれにしても。

夢の中で知っている誰か（故人）から電話がかかってきたら、確認することが大切だ。

「干支は？」

言い淀んだら、それは、霊界振り込め詐欺の可能性が高い。

……ということを自身のブログに書いた直後、スマホにメッセージが入った。

留守番電話サービスからだ。

「未再生の留守番電話メッセージがありますので再生してください」

というお知らせだ。

留守番電話履歴を見ると、またもや、母の名前に未再生マークがついている。

日付は12／22。

もう、さすがに、ちょっと怖くなってきた。

スマホの電源を切ろうとしたそのとき、ショートメールの着信があった。

弟からだった。

「昨夜、お母さんの夢を見たよ」

その文面は、なにか得意げだった。

弟は、よく母の夢を見ているようだ。葬儀のときも、しきりに「ここんところずっと、お母さんが夢にでてくる」と言っていた。

そのたびに、私は無視を決め込んだ。というのも、母の夢を、ここ数年、いや十年は見ていない。

だからショートメールの返信も「あ、そう。よかったね」と一言。

「お母さんに成り済ました謎の人物から電話があった夢を見た」

と返信してもよかったのだが、なんとなく、それでは癪《しゃく》に障る。

だからといって、僻《ひが》んでいるわけではない。

母は弟贔屓《びいき》で、弟は大のマザコンだ。相思相愛というやつだ。亡き母が、弟の夢にしょっちゅう現れるのは、自然の成り行きだ。

一方、母と私は相性が悪く、顔を合わせると喧嘩をしていたような親子だった。夢に出てきたとしても喧嘩になるだけだ。だから母も、私の夢に出てくるのを遠慮しているに違いない。というか、私のことなんか忘れているのだろう。

そんなことより、この留守番電話メッセージだ。

またもや、母の名前に未再生マークがついている。

日付は12／22。

もう、いったい、なんなんだ？

＋

その日は、丑三《うしみ》つ時が過ぎても原稿を執筆していたせいか、なかなか寝つけなかった。朝方になっても眠れない。カーテンからは、うっすら朝日が滲んでいる。

まあ、いいか。こんな日もあるよな……と、ぼんやり天井を眺めていたら。

どこか遠くから、不快な雑音が聞こえてきた。

そう、タクシー無線の声のような。

「……いますか？　……さん、……さん、いますか？　聞こえますか？」

と、しつこく呼びかけている。

「……いますか？　……さん、いますか？　聞こえますか？」
ああ、もう、うるさいな！
私は、勢いをつけて、ベッドから体をはがした。
いったい、どこから聞こえてくるのだ？　外か？　それとも隣の部屋か？
私は、イライラしながら声の元を探した。
「……いますか？　……さん、……さん、いますか？　聞こえますか？」
だから、うるさいってば！
……うん？
声をよくよく聞いてみると、
「……さん、……さん」と、母の名前を呼んでいる。
ああ、そうか。母に用事なのか。
「お母さん、お母さん、誰か呼んでいるよ！」と、私は叫んでみた。
が、返事はない。
出かけているのか。
私は、スマホを手にすると母に電話をした。
母は、すぐに出た。
いつもの「あー、あんた？」という声。

「ちょっと、お母さん、今、どこ？　誰かが呼んでいるんだけど」

「私？　私は、今、待っているところ」

「待ってるって、なにを？」

「うーん、ごにょごにょ……」

「ちょっと、聞こえない！」

「でも、よかった。電話もらって。最後に声を聞けて」

「最後ってなに？」

「あ、もうそろそろだ」

「だから、なにが？」

「なんか、ごめんね。いろいろと」

「なによ、いきなり」

「私さ、あんたのこと、すごく好きだったよ」

「はぁ？」

「はぁ？」という自分の声で、私は目覚めた。

そう、私はいつのまにか、夢を見ていたのだ。

母の夢を。

そうか。今まで母が夢に出てこなかったのは、私が呼ばなかったからなんだな……と。

万葉集《まんようしゅう》や伊勢《いせ》物語《ものがたり》などの古典では、思っている相手が夢に出てこないのは自分が忘れられているから……という解釈だが、冷静に考えれば、自分が見る夢だ。自分が思わなければ、相手が夢に出てくるはずもない。

それにしても、最後の母のセリフ。

「私さ、あんたのこと、すごく好きだったよ」

気恥ずかしさで、ちょっと涙ぐんでしまった。

それにしても、なぜ、今日、母の夢を見たのだろう?

ふとカレンダーを見てみると。

なるほど。明日は、四十九日目。四十九日か。

亡くなってから四十九日目。閻魔《えんま》様の最後のジャッジが行われ、判決が出るとされている。そして、そのあと、いよいよあの世に旅立つ。

もしかしたら母は、最後の挨拶をしに夢に現れたのかもしれない。

その日以来、例の留守番電話メッセージに未再生マークがつくことはなくなった。

〈私的怪談2　結婚報告〉

母の四十九日から一週間ほどが経った頃。

母がまた夢に出てきた。

「私、この人と結婚するの。今から婚姻届にサインするから、見届けて」

そう言いながら、母が連れてきたのはアロハシャツを着た男だった。

見覚えがある。

そう、母が若い頃付き合っていたチンピラだ。

当時、母は鹿児島のキャバレーでホステスをしており、私は施設に預けられていた。施設は三歳になったら追い出される。そして母に引きとられたのだが、そのとき、母の部屋にいたのがこのチンピラ。

母はこの男と同棲していたのだ。

真剣に結婚も考えていた模様。

が、定職にもつかず、悪い連中と悪いことばかりしているような男だった。

なにより、私が懐かなかった。

母は結婚を諦め、私を連れて川崎《かわさき》に住む伯母を頼って上京する。が、母はそのチンピラと隠れて連絡しあっていたようで、あるとき幼稚園から帰ったら、まるで当たり前のようにそいつがいた。私は泣きながら、近所に住む伯母の家に逃げ込んだ。

伯母からなにか言われたのか、その後、男はいったん、いなくなる。

ああ、よかったと思ったのもつかのま。

「万博に行こう！」

と母に連れていかれた大阪。なんと、降り立った新大阪《しんおおさか》駅に、アロハシャツ姿のチンピラが！

母の本当の目的は万博ではなく、そのチンピラに会うことだったのだ。

チンピラは、やけに酒臭かった。右手には、スキットル（蒸留酒の水筒）。

が、私の記憶はそこで途切れる。気がついたら、あの男は姿を消していた。それっきり、私たちの前には現れていない。

そのチンピラと一緒に夢に現れた母。

チンピラは酒臭く、その右手には、スキットル。

相変わらずだ。相変わらず、絵に描いたようなダメ男だ。

なのに母は、このチンピラを忘れられずにいたようだ。しかも、結婚したいという。

戸惑う私に、

「なにがなんでも結婚するから、この人と。だから、今度は認めてね」

と、母が笑いながら迫ってくる。


そこで、目が覚めた。

口の中が苦いもので溢れている。まるで、二日酔いのような気持ちの悪さ。……あんな夢を見たから。

それにしても、なんであんな夢を？　……とテレビをつけてみると、「今日は春分の日ですね」という、ニュースキャスターの声。

そうか。今日は春分の日か。

つまりお彼岸！

なるほど。お彼岸とはいうまでもなく、亡き人を偲《しの》び、供養する期間。「供養を忘れるな」と、母が夢に出てきたのか。

え？

ということは、つまり、あのチンピラもあの世の住人ってことなんだろうか？

確かに、やけに若かった。

しかも、スキットルを持つ手は、血だらけだった。
もしかしたら大阪での再会のあと、すぐに亡くなったのかもしれない。

赤い顔

海堂尊

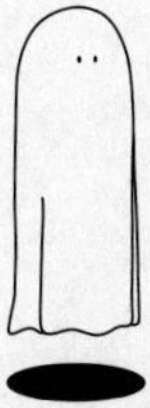

祖父から聞いた話である。

祖父は、酒を飲むと、時々白目を剥いて、うめき声を上げた。

わたしは、そんな祖父の袖をつかんで揺さぶった。

すると祖父は、はっと気づいた顔をして、わたしをみた。

「ありがとうよ。もう少しで『あそこ』へ引きずり込まれるところだった」

「『あそこ』って、どこ？」

「よくわからないが、たぶん、暗くて、臭くて、痛くて、寒いところだ」

わたしは、そんなところに祖父を行かせたくなかったので、祖父が酒を飲む時は、必ず側にいるようにした。

祖父はある日、わたしに言った。

「お前のお父さんを殺したのは、儂《わし》だよ」

わたしは父は病気で亡くなった、と母から聞いていた。

「表向きはそういうことになっている。だがアイツを殺したのは儂なんだ」

「どうやってお父さんを殺したの？」

恐怖心より好奇心が勝って聞いた。わたしが幼い頃に死んだ父の印象は、ほとんどなかった。

「いや、やっぱり儂が殺したのではないかもしれない。忘れてくれ」

それきり、祖父はその話はしなかった。

そうなると却《かえ》って知りたくなるのが人情だ。なので母に、父の死について聞いた。するると母はぎょっとした顔をした。だが少し考えてこう言った。

「お前も大きくなったから、知っておいた方がいいかもしれないね。お父さんはある晩、自分で自分の喉を掻きむしって死んだんだよ」

「なんで、喉を掻きむしったりしたの？」

「数日前から、赤い顔が、と言って、うなされていたの。でも目を覚ましたお父さんは何も覚えていなかった。お父さんが亡くなってお医者さんがきたんだけど、赤い痣《あざ》が首の周りをぐるりと取り巻いていた。お父さんは自分の爪で首を掻きむしっていたんですって」

「お母さんは、側にいなかったの？」

母は疲れたように吐息をついて言う。

「風邪を引いていて、その晩は別の部屋で寝ていて気がつかなかったの」

「お祖父さんは？」とわたしは恐る恐る訊ねた。

「お祖父さんは村の寄り合いの旅行に行っていて、いなかったんだよ」

わたしは話を聞いて少しほっとした。祖父が殺したと言ったのは嘘だとわかったからだ。

でもそれならどうして祖父はそんな嘘をついたのだろう、と不思議に思った。

ある日、祖父がまた、お酒を飲んでいて白目を剥いて泡を吹いた。

わたしが祖父を揺すると、祖父はわたしの身体を、すごい力で締め付けた。

わたしがもがくと、お祖父さんはふっと力を緩めた。

「すまん」と祖父は謝った。そしてわたしを見ると、はっと目を見開いた。

「やってしまったか」

そう言って祖父は黙り込んだ。

長い沈黙にたまりかねて、わたしが「何を？」と問いかけると、重い口を開いた。

祖父は戦争のために行った南方で上官に命じられ、赤ん坊を銃剣で突き刺して殺した。

「母親が泣きわめいてつかみかかってきたので、首を絞めて殺した。その母親が死ぬ寸前に現地の言葉で何か言った。後で通訳に聞いたら、赤い顔がお前を殺す。子どもを殺す、と言ったと教えられた。戦争が終わって内地に帰国してしばらくしてお前のお父さんが生まれた。ところがある日真夜中に鏡を見たら後方に、小さな赤い点が見えた。次の夜、赤い点は少し大きくなっているような気がした。その赤い点は見えなかったこともあったが、見える時は次第に少しずつ大きくなっていった。ある日、その赤い点が何か、わかった。それは赤い顔だったんだ」と言うと祖父は酒を呷った。

だ」

「お能の翁《おきな》という、皺だらけの面に似ている。気味が悪くて夜中に鏡を見るのをやめた。だが却って気になり、ある晩、また見てしまった。すると、その顔が儂の顔と同じくらいの大きさになっていて、赤い顔は大きな口を開けた。ヤツは笑っていたんだ」

わたしは背筋がぞくり、とした。

「どんな顔なの？」

「その赤い顔は儂の右肩に乗ると大口を開け、儂の首筋に噛みつこうとしていた。口をくわっと開いてそのまま止まっていた」

ある日、祖父は鏡の前に倒れていた。そして祖父を揺する父がいたという。

「その時、儂にとりついた赤い顔が消えていることに気がついた。だが、お前のお父さんが、後ろに赤い点が見えると言ったんだ。息子は大きくなり、だんだん赤い顔がはっきり見えてきたと言った。しばらくしてお前が生まれるとその顔が更に大きくなったと言った。お前のお父さんは絵がうまく、赤い顔をスケッチした。その顔は、儂が銃剣で殺した赤ん坊の顔にそっくりだった」

思わずそのことを、祖父は父に言ってしまったという。その日から父はうなされるようになった。そうしてある晩、父は自分の首を掻きむしって死んでしまった。

祖父はわたしの身体を抱いたまま立ち上がった。

「お前のお父さんが亡くなった日、儂はまた赤い点をみた。そして今、儂の首筋に噛みつこうとしている」

わたしは薄気味悪くて思わず、「そうなの？」と訊ねた。

祖父はわたしを背中から抱いて、鏡を覗き込んでいた。

「お前に、赤い点はみえるかい？」

言われてわたしは思わず、鏡を見てしまった。

目を凝らすと、遠い彼方にぽつん、と赤い点が見えた。

「そうか、みえるか。そうか、そうか」

祖父は晴れやかな声で言った。

「鏡をみなければ、赤い点は赤い顔になることはないだろう。だから夜中に鏡を見ないようにしろ。そうすれば儂もお前も助かる」

しばらくして祖父は亡くなった。首筋には赤い痣があった。

わたしは夜中に鏡を見ないように心がけた。でもなぜか時々、わたしは真夜中に鏡の前に立っていた。はっと気がついて目を背ける。でも遠くに見えていた赤い点は、その都度、少しずつ大きくなっていくように思えた。

そのうち、赤い顔になるのかもしれない。

この作品はフィクションです。実在する人物、団体等とは一切関係ありません。

宝島社
文庫

5分で読める！ 背筋も凍る怖いはなし
(ごふんでよめる！ せすじもこおるこわいはなし)

2021年8月19日　第1刷発行

編　者　『このミステリーがすごい！』編集部
発行人　蓮見清一
発行所　株式会社 宝島社
〒102-8388　東京都千代田区一番町25番地
電話：営業 03(3234)4621／編集 03(3239)0599
https://tkj.jp
印刷・製本　中央精版印刷株式会社

ISBN 978-4-299-01866-3